건 너 오 다

다큐 피디 김현우의 출장 산문집

건너오다

문학동네

차 례

천하 일이란, 매양 물 하나를 사이에 두고 건너느냐
못 건너느냐는 싸움이라 할 수 있으니……

　　　　—박지원, 「혹정필담」『열하일기』 중에서

지금까지와는 다른 삶의 풍경이
가능할 것 같다는 생각

그 밑에 계신 겁니까?

처음 몽파르나스 묘지를 찾았던 날, 점심때까지 뭘 했는지 기억이 없다. 1997년 6월이었다. 영국에서 사 개월 정도 어학연수를 마치고 귀국하기 전, 당시 스위스에서 공부하고 있던 형을 만나러 가는 길에 파리에서 일주일 정도 머물렀다. 아마도 사람들이 처음 파리에 가면 보는 것들을 나도 보았을 것이다. 센 강변과 노트르담 성당, 몽마르트르 언덕, 에펠탑엘 가고, 루브르는 가지 않고 오르세에 갔다. 어디를 먼저 가고 어디를 나중에 갔는지 기억이 나지는 않지만, 확실히 기억하는 것은 가장 먼저 간 곳이 퐁네프였고, 몽파르나스 묘지를 찾았던 건 오후 다섯시가 넘은 시각이었다는 사실이다. 다른 무엇보다도 두 곳을 직접 확인하고 싶었다. 영화 〈퐁네프의 연인들〉과 사뮈엘 베케트 때문이었겠지만, 어쩌면 그해 유럽에서 지내는 동안 나는 온통 '확인'만 하고 다녔던 것 같다. 그건 처음 타본 비행기로 열두 시간 이상 날아가 내린 히스로 공항에서부터 시작되었다. 픽업하러 나온 흑인 아저씨의 낡은 차를 타고 홈스테이를 하기로 한 집까지 한 시간 남짓 달리는 동안, 낯선 공간은 머리나 마음이 아니라 몸으로, 감각으로 먼저 받아들이게 된다는 것을 알았다. 말로만 듣던 영국이라는 나라가 정말로 있었다. 당연한 이야기지만, '정말로 있다'는 것을 몸으로 받아들이는 건, 그것에 대해 읽거나 듣는 것과는 차원이 다르다는 것을 실감했다. 이 당연한 이야기가 의외로 자주 무시된다.

베케트의 무덤도, 나로서는 그렇게 꼭 '눈으로' 확인을 해야 하는 곳 중 하나였다. 베케트를 처음 읽은 건 대학교 3학년, 그러니까 몽파르나스에 있는 그의 무덤을 찾기 일 년쯤 전, 현대 영미희곡 강의에서였다. 좋았다. 한 주에 희곡 한 작품을 읽고 그에 대한 리포트를 매번 제출해야 했던 수업에서, 나는 『고도를 기다리며』를 읽고 이렇게 적었다. "미래는 오지 않아도 좋다. 무언가를 기다리는 지금이 나를 긍정하게 할 뿐이다. 기다림이 현재를 긍정할 수 있게 하는 한, 기다리고 있는 미래가 실제로 올 것인가 하는 문제는 중요하지 않다"라고. 스물세 살의 나는 어쩌자고 그렇게 적었던 걸까? 그전에, 당시의 나는 왜 그렇게 그 글에 끌렸던 것일까? 아직도 나는 『고도를 기다리며』를 분석할 수 없다. 왜 좋은지 설득력 있게 다른 사람에게 이야기해줄 수도 없다. 그냥, 그 시기의 내 어떤 부분에 그 글이 크게 와 닿았다고 말할 수 있을 뿐이다. 나의 어떤 부분이 그 글의 어떤 부분에 감응한 것인지 나도 가끔 궁금하다. 스스로에게도 종종 솔직하지 못했던 그 시기에는 어떤 대상을, 그게 사람이든 글이든 영화든, 좋아해야겠다고 먼저 마음먹고 나서 그 이유까지 밖에서 빌려오는 경우가 많았다. 그렇게 빌려온 것들이 나를 '채워'줄 거라고 믿었던 그 시기에 나는 베케트의 글을 만났고, '부조리'라는 말을 열심히 들여다보았다. 그래서 파리에 가면 베케트의 무덤을 꼭 찾아봐야겠다고 생각했고, 노년의 그가 산책을 하곤 했다는 몽파르나스를 내 발로 한번 걸어보고 싶었다. 그 마음의 바탕에는, '어떻게 하면 그처럼 될 수 있을까?' 하는 궁금함이 있었을 것이다. 그러니까, 그때의 나는 내가 되고 싶은 어떤 모습을 노력으로 만들어갈 수 있을 거라고 생각했다. 내가 원하는 모습이 되기 위한 방법을 애타게 찾고 있었다고 해야 할지도 모르겠다. 베케트가 걸었던 길을 걷고, 아마도 그 역시 들렀을지도 모르는 카페에서 커피를 마시고, 그러다보면 『고도를 기다리며』 같은 글을 써낼 수 있는 능력이 생길 거라고…… 몽파르나스의 보도가 서울의 보도와 다르지 않고, 커피 따위에 갑자기 문장력이 압도적으로 좋아지게 하는 비밀의 맛이 있을 리 없지만, 조급했던 당시의 나는 그런 비법이 분명 나의 바깥에, 고수들이 아끼는 제자에게만 몰래 전해주었다는 무예의 비법처럼 있을 거라고 생각했다. 그런 게 있어야만 했다. 그래야 내게 없는 것이 나의 탓이 아니게 될 테니까. 언젠가 나도 그 비법만 얻으면 다른 내가 될 수 있을 테니까.

그래서 몽파르나스 묘지를 찾았다. 묘지가 여섯시면 문을 닫는다는 것도 몰랐고, 거기 그렇게 많은 사람들이 묻혀 있다는 것도 몰랐다. 베케트의 묘지는 금방 찾을 수 있을 거라고 생각했다. 내게 그렇게 특별한 베케트의 무덤이라면, 얼른 눈에 띌 게 분명하다고 믿었으니까. 묘지 입구에 누구의 무덤이 어디에 있는지를 안내하는 작은 팸플릿이 있었지만, 돈을 받고 파는 거라서 사지 않았다. 대신 입구 옆에 크게 붙어 있는 안내판에서 그의 무덤 위치를 확인하고는 나의 공간 감각을 믿어보기로 했다. 팸플릿을 사지 않는 이상 그 방법밖에 없기도 했다. 방문객이 많은 것 같지는 않았다. 묘지 입구에서 일본인처럼 보이는 여성이 "Vous était un Japonaise?"라고 물었던 게 기억난다. 아니라고 짧게 대답하고—'나는 누구일까?'는 당시 나 스스로 매우 궁금해하던 질문이기도 했다—머릿속의 묘지 지도가 지워지기 전에 얼른 발걸음을 옮겼다. 쉽지 않았다. 외국 묘지의 무덤이라는 게 다 그게 그거 같고(말해놓고 보니 어느 나라나 묘지의 무덤은 다 그게 그거 같다), 안내판에 있던 무덤 사이의 통로도 그렇게 분명하지 않았다. 그렇게 오 분 여를 헤매고 있을 때 안내 방송이 나왔다. 잠시 후 묘지의 문을 닫는다는 이야기였다. 기억에 삼십 분이 채 남지 않았던 것 같다. 그렇다면 바로 베케트의 무덤을 찾는다고 해도 그 앞에 서 있을 시간이 이십 분 정도밖에 되지 않는다는 뜻이었다. 그러면 안 되는 거였다. 어떻게 찾아온 파리고 어떻게 찾아온 몽파르나스인데…… 그의 무덤 앞에 서서 어떻게 하면 『고도를 기다리며』 같은 글을 쓸 수 있는지 그 비법을 알아내기에는 턱없이 부족한 시간이었다. 다급한 나머지 뛰기 시작했다. 저쪽 모퉁이에서 한국인 가족처럼 보이는 사람들이 눈에 띄었다. 구성으로 보아 유학중인 아들 혹은 딸이 부모님을 초대한 것 같은 분위기였다. 그 가족에게 대뜸 물었다.

"혹시 베케트 무덤 보셨어요?"

"누구요?"

외국에서 한국인을 만나면 종종 인사 같은 거 생략하고 곧장 궁금한 것들을 물어볼 때가 있는데, 그러면 또 사람들은 '얘는 뭐지?' 하는 표정 없이, 곧장 대답을 해주곤 한다.

"사뮈엘 베케트요."

"못 본 것 같은데요."

"네…… 감사합니다."

인사를 하는 둥 마는 둥 하고 다시 급히 발걸음을 옮기려다 돌아보니, 거기가 바로 베케트 무덤 앞이었다.

정말 있었다.

회색 석판에 "SAMUEL BECKETT 1906-1989"라고 음각으로 새겨져 있고, 석판의 통행로 쪽 측면에도 음각으로 새겨져 있다. 그러니까 그 석판 아래에 그의 '몸'이 있는 것이다. 몸의 확인. 나도 모르게 속으로 말을 걸었다.

'그 밑에 계신 겁니까?'

SUZANNE BECKETT
née DÉCHEVAUX-DUMESNIL
1900 - 1989

SAMUEL BECKETT
1906 - 1989

건너오다

그걸 물어보고 싶었다. 어쩌면 베케트 본인에게 물어본 건 아니었을지도 모른다. 이제 와 생각해보면 그건, 아직 모르는 게 많았던 젊은이가 세상에 던지는 질문이었다. 대학 입학 후 그때까지의 생활이 그랬다. 가족과 고향에서 벗어나 갑자기 넘겨진 세상에는 모르는 것투성이였다. 내가 익숙해져 있던 세상은 너무나 작았고, 그나마 조금씩 깨져가고 있었다. 나는 그렇게 깨지는 나의 부분들이 아팠고, 그보다 더 많이, 새로운 세상이 궁금했다. 정확히는, 점점 커지는 세상에서 나의 것들의 자리는 어디일까 궁금했다. 대학에 입학한 후 사오 년은 사람을 만나는 것도, 욕심내며 책을 읽고 영화를 보는 것도 모두 그렇게 '살피는' 과정이었다. 그 살핌의 과정 내내 나의 자리는 없을지도 모른다는 불안함과, 나는 아마 영원히 모를 거라는 두려움이 있었을 것이다. 읽었던 책이나 봤던 영화들이 마음속에서 떠나지 않고 내 안에 머물렀다면, 그건 그 책이나 영화가 '나의 것'이라고 막연히 지각하고 있던 어떤 것들을 담고 있었기 때문이다. 내 밖에서 나의 모습을 발견한 안도감이 그런 책이나 영화들에 대한 나의 호감의 정체였다. 『고도를 기다리며』에서 본 것도 어쩌면 무언가를 '기다리는' 나의 모습이었을 것이다. 하지만 그것만으로는 충분하지 않았다. 나는 기회가 닿는 대로 그 책과 영화들의 '실재'를 확인하려 했다. 마음과 머리로만 아는 것으로는 부족했던 모양이다. 나는 감각으로, 나의 몸으로 그것들의 실재를 마주하고 싶었다. 파리의 퐁네프와 뉴욕의 브루클린브리지를 직접 가서 봐야만 했던 절박함은, 큰 세상 안에 자리잡은 나의 모습을 말 그대로 두 눈으로 확인하고 싶은 마음이었다. 그러면 좀 안심이 될 것 같았으니까, 그렇게 가끔씩 확인을 해줘야 현실의 나를 지킬 수 있었을 테니까…… 베케트의 무덤 앞에서 '그 밑에 계신 겁니까?'라고 물었던 것은, 그러니까 세상에, 아직 모르는 게 너무 많았던 세상에 나의 자리가 있는 것이 맞습니까? 라는 물음이었다. 누군가의 무덤 앞에서도 마치 살아 있는 사람과 함께 있을 때처럼 대화할 수 있다는 것을 그후로 알게 되었다. 혼자 묻고 혼자 대답하는 식일 테지만, 어쩌면 대답은 없고 그저 침묵만 있을 수도 있지만, 그것도 대화다. 두 몸이 한 자리에 마주하고 있다는 건 그렇게 침묵까지도 대화가 될 수 있다는 의미이다. 한 몸이 이미 죽은 몸이라고 해서 크게 달라지는 건 없다. 그후론 수없이 많은 무덤에 놓인 꽃다발들도 모두 그런 대화들의 흔적임을 알게 되었다. 꽤 많은 사람이 그렇게 죽은 이의 몸을 마주한 채 대화하고, 그렇게 자신을 지키며 지낸다.

짧은 시간, 베케트의 무덤 앞에서 나는 많이 울었다. 산책 삼아 공원을 찾은 현지 주민들이 보기에는 꽤나 이상한 장면이었을 것이다. 그 시기가 적어도 내게는 그렇게 '이상하고 어색한' 시기였다.

베케트의 무덤은 그후로 두 번 더 찾았다.

한번은 같은 1997년 11월, 이번에는 아예 작정을 하고 한 달을 파리에 머무르고 있을 때였다. 베케트의 무덤에 다녀온 뒤 나는 영국에서 출간된 그의 최신 전기 한 권을 샀다. 귀국한 후에 학교에는 등록

하지 않고 한 학기를 그냥 놀다가, 뉴욕과 파리에 각각 한 달씩 다녀오기로 하고 나선 여행이었다. 인생에서 가장 '걱정이 없는' 시기였던 그 두 달 동안 나는 다른 책은 읽지 않고 베케트의 전기만 읽었다. 뉴욕에서 시작된 그 독서를 파리에서 마치고 난 다음날, 나는 '베케트 순례'를 하기로 했다. 베케트의 삶과 관련이 있는 파리 시내의 이곳저곳을 하루 동안 둘러보는 여행이었다. 그가 살았던 집 두 곳, 젊은 시절 조각가 자코메티(자코메티는 『고도를 기다리며』가 인기를 끌어 소극장에서 오페라극장으로 옮겨 본격적인 대규모 공연을 시작할 때 무대의 유일한 소품인 '나무'를 제작해주었다)와 밤새 취해서 돌아다녔다는 몽마르트르, 오페라극장, 그리고 마지막은 역시 몽파르나스였다. 이번에는 무덤 입구에 있는 꽃집에서 꽃도 한 다발 사기로 했다. 전기에 따르면 베케트는 붓꽃을 좋아해, 파리 근교에 있는 작업실 마당에 심어놓았다고 했다. 그 꽃을 사다주고 싶었다. '붓꽃 있습니까?'라는 불어 표현을 외워서 꽃집에 들어갔다. 붓꽃은 없었다. 꽃집 주인의 설명은 '붓꽃이 나오는 때가 아니다'라는 뜻인 것 같았다. 두번째 만남이어서 그랬을까? 꽃집 주인이 추천해준 다른 꽃다발을 그의 무덤 앞에 놓아주고, 처음 왔을 때보다는 좀더 차분하게 앉아 있었다. 이젠 '확인'이 필요한 첫 만남이 아니었다. 안면이 있는 누군가를 다시 만날 때처럼 '잘 지내셨어요?'라고만 속으로 묻고, 잠시 앉아 있다 왔다. 이번에는 울지 않았다.

베케트의 무덤을 세번째로 찾은 건 그로부터 십 년 가까이 지난 2006년이었다. 나는 대학을 졸업하고, 대학원도 마치고, 방송사에 입사해서 직장인이 되어 있었다. 칸 출장을 위해 파리에서 비행기를 갈아타야 하는데, 파리 도착 시간이 늦어 하루를 묵은 후 다음날 칸으로 들어가는 일정이었다. 오후 비행기를 타기 전 오전에 파리 시내의 한 곳 정도를 들를 만큼의 시간이 있었고, 나는 몽파르나스를 택했다. 역시 입구에서—1997년의 그 꽃집이었는지는 모르겠다—꽃다발 하나를 사서 그의 무덤 앞에 놓고 왔다. 매우 덤덤했다. 십 년 전의 첫 만남과 달리 나는 무덤 안의 베케트에게 아무것도 묻지 않았다. 더이상 궁금하지 않았다.

나는 이제 나의 '자리'가 궁금하지 않다. '되고 싶은' 어떤 자리라고 할 만한 것도 없다. 그런 자리라는 것이, 그것을 향해 달려가는 '목표'가 아니라 순간순간 나를 인정하며 지내는 시간들이 쌓여서 만들어지는 '결과'임을 알게 되었기 때문이다. 그리고 그전에 내가 원하는 모습이 될 수 있는 비법 같은 건 없다는 걸 먼저 알게 되었다. 그걸 알고 나면 나와 화해할 수 있다. 그다음부터는 내가 잘할 수 있는 것과 하고 있는 동안 즐거운 것들을 지키고, 할 수 없는 것과 그 일을 해버리면 내가 더이상 내가 아닐 것 같은 일들을 하지 않으려고 애썼다. 싸움이 필요할 때 피하지 않고 맞서려고 노력했고, 가끔 도박을 했을 뿐이다. '도박'이라고 할 만큼 몇몇 결정은 꽤나 부담스럽기도 했다. 그런 결정들을 거치며 크게 다치지 않고 이만큼 온 건 정말 다행이라고 생각한다. 운도 좋았을 것이다.

　베케트와의 마지막 만남은 2010년 여름이었다. 그해 국립현대미술
관에서 바르셀로나 미술관 소장품 전시회가 열렸는데, 소장품 중에는
베케트가 쓴 시나리오를 바탕으로 제작한 단편영화가 있었다. 제목은
그냥 〈Film〉. 이십 분 정도 되는 영화는, 이미 내용을 어느 정도 알고
있기도 했지만 아무런 감흥이 없었고, 1965년에 만든 작품임을 감안
하더라도, 너무 '아마추어' 티가 났다. 어색하고 조금은 미숙한 베케
트였지만, 베케트가 여전히 베케트임을 확인한, 기분좋은 만남이었다.
블라디미르와 에스트라공은 계속 고도를 기다리고 있겠지만, 삼십대
중반의 직장인이 되어버린 나는 더이상 기다리는 것이 없었다. 그래
도 그의 작품들을 하나도 빠짐없이 확인하고 싶다는 바람이 있었고,
누구와 했던 것인지는 모르겠지만 오래된 어떤 약속을 지킨 것 같아
기분이 좋았다. 어떤 '나'는 여전히 그대로 남아 있음을 확인하는 기
분, 지키지 않아도 아무도 다치지 않는 그런 약속을, 그래도 지켰다
는 마음이랄까……

　2014년에 파리에 갔을 때, 나는 베케트의 무덤을 찾지 않았다. 이젠
적어도 나와 관련해서는, 확인하고 싶은 '몸' 같은 게 없어지고 말았으
므로.

이것만 있으면 된다

방송국 입사 후 첫번째 해외 출장지가 프랑스 안시로 정해졌을 때까지만 해도, 내가 그 도시에 대해 아는 건 한 가지뿐이었다. 해마다 6월 초에 세계에서 가장 큰 규모의 애니메이션 페스티벌이 열리는 그 휴양 도시는, 내게는 무엇보다도 '작가 존 버거가 살고 있는 오트사부아에서 멀지 않은 곳'이었다. 당시 존 버거의 책 『행운아』 한 권을 번역한 상태였던 나는 물론 그를 만날 생각 같은 건 없었다. 다만 그가 살고 있는 곳 가까이로 간다는 사실, 가장 좋아하는 작가가 수없이 보았을 풍경과 마주쳤을 사람들을 나 역시 보게 되고, 마주칠지도 모른다는 기대가 첫 해외 출장의 부담과는 별개로 마음 한구석에 있었던 것만은 부정할 수 없다.

존 버거를 만나보려고 시도했던 적이 있다. 영국에서 사 개월 동안 어학연수를 하던 시절, 나는 그의 책을 닥치는 대로 사 모았다(아직 아마존에서 주문하는 일이 널리 퍼지기 전이었다). 그리고 당시 그의 신간들을 주로 출간하던 블룸즈버리 출판사는 내가 다니던 어학원과 두 블록 정도 떨어진 곳에 있었다. 어학연수를 마치고 프랑스를 지나 스위스에 있는 형을 만나러 가기 전, 그가 프랑스와 스위스 국경 근처에 살고 있다는 것만 어렴풋이 알고 있던 나는, '어쩌면 존 버거가 살고 있는 마을을 지날 수도 있겠다'라고 생각했다. 아마 행동에 옮기지는 않았을 테지만, 그가 살고 있는 곳의 정확한 주소를 알 수 있다면, 관광객인 척하고 그 마을에 잠시 들렀다가 프랑스로 넘어가는 것도 가능할 것 같았다. '저는 이것이 궁금합니다'라는 표현 중 가장 정중한 표현을 외워서 블룸즈버리 출판사를 찾았다. 지금 생각하면 참 씩씩한 행동이었다. 무턱대고 출판사를 찾아갔던 일 말이다. 아직 내가 아는 세상이 그렇게 복잡하지 않던 그때는 그렇게 무턱대고 뭘 하는 경우가 많았다. 출판사 현관 앞에 앉아 있던 안내원은 친절했다. 멀리 동양에서 찾아온 독자에게 특별히 관심을 가져주지는 않았지만, 그렇다고 직접 출판사로 찾아와 저자의 주소를 물어보는 열성 독자를 딱히 귀찮아하지도 않았다. 안내원은 지극히 사무적인 태도로 개인 정보는 알려줄 수 없다, 편지를 써 오면 작가에게 전해주겠다고 했다. 그게 작가 존 버거, 그의 '실재'에 다가가려 했던 나의 첫 시도다. 그리고 이제, 십 년쯤 지난 후에 회사일로 다시 그가 있는 공간, 그때 출판사에 가서 알아보려 했던 그 마을 가까이 가게 되었다.

안시는 전통적인 휴양도시답게 지극히 평화스러웠다. 도시 한가운데 커다란 호수가 있고, 그 앞에 넓은 잔디밭이 시민들의 앞마당처럼 쓰이고, 그 잔디밭 앞에 있는 시민회관 성격의 공연장이 페스티벌의 주요 행사장으로 쓰인다. 영화제가 열리는 일주일 내내 시내(라기보다는 그냥 '마을' 같은 작은 도시였지만) 곳곳의 극장에서는 영화제에 출품된 애니메이션들이 상영된다. 애니메이션을 보러 오는 사람들은 주로 영화제 참가자들이었지만, 행사장에서 조금 벗어난 극장에 가면 현지 주민으로 보이는 사람들도 꽤 영화를 보러 왔다. 다운타운은 영화 축제로 흥겹고, 조금만 시내를 벗어나면 고요하고 평화롭고, 또한 매우 '단정한' 휴양도시의 일상이 펼쳐지는 그곳을, 함께 간 동료 피디와 나는 자전거를 타고 취재 다녔다. 버스를 타기에는 불편하고, 그렇다고 택시를 타기에는 비용이 부담스러운 상황에서, 자전거는 꽤 현실적인 선택이었을뿐더러(물론 각자 한 번씩 넘어지는 바람에 크게 다칠 뻔하기는 했지만), 나름 매력적이기도 했다. 카메라를 든 채 자전거를 타고 취재를 다니는 피디들이라…… 왠지 애니메이션 페스티벌에는 어울리는 모습인 것 같기도 했다. 막 초여름이 시작되는 시점이라 날씨도 좋았고, 사람들은 모두 행복해 보이고, 아무 극장에나 들어가면 재미있는 애니메이션들을 볼 수 있는 그 일주일 동안, 참 일이 이렇게 즐거울 수도 있구나 싶었다. 물론 계획했던 촬영들이 차례차례 차질 없이 진행

건너오다

되었던 덕분이겠지만.

애니메이션 페스티벌에 가면 평생을 그렇게 '즐겁게' 일하며 살아온 사람들을 많이 만날 수 있다. 그해2005년 안시 애니메이션 페스티벌에서 만난 사람들 중 가장 인상적이었던 사람은 '테디베어 루도빅'의 연작 애니메이션으로 유명한 작가 코 회드만이었다. 마침 페스티벌에서는 코 회드만의 회고전이 열리고 있었고, 특별 전시가 열리는 장소는 그냥 극장이 아닌 16세기에 지어진 성을 개조해 박물관으로 쓰고 있는 안시 성이었다. 고성에서 열리는 애니메이션 회고전이라…… 이 사람들은 이렇게까지 근사하게 일을 하는구나 싶었다. 코 회드만 감독에게 미리 연락을 했더니, 회고전이 일반에게 개장되는 시간에는 분주할 테니 문을 열기 한 시간 전에 오면 어떻겠냐고 했다. 약속했던 시간에 자전거를 타고 성으로 가니 그가 문(그러니까 무려 '성문') 앞에서 기다리고 있었다. "영어가 편하시겠지요?"라며 말문을 연 코 회드만 감독은 전시된 작품들을 하나하나 친절하게 설명해주었고 인터뷰 질문에도 매우 진지하고 성의 있게 대답해주었다. 코 회드만을 만났던 일이 그렇게 인상적이었던 건, 물론 고성에서 전시되는 어린이용 애니메이션(어른들이 보기에도 좋다. 너무 빠르고 현란한 어린이용 애니메이션에 익숙해져 있는 사람들은, 이렇게 다른 리듬으로, 차분하게 어린이용 애니메이션을 만들 수도 있음을 알게 된다. 사람들이 많이 봤으면 좋겠다. 현재 유튜브에 프랑스어 버전의 작품은 몇 편 올라와 있다) 덕분에 말 그대로 '동화 안으로 들어온 것 같은' 느낌으로 몇 시간을 보냈기 때문일 수도 있지만, 뭐

니뭐니해도 코 회드만이라는 노예술가의 매력 때문이었다. 한 시간 이상 진행된 작품 해설과 인터뷰 내내 회드만은 단 한 번도 거드름을 피우지 않았고, 자신의 설명이 어렵지는 않은지, 인터뷰 질문에 대한 대답은 원하던 것인지 끊임없이 확인했다. 자신의 작품에 관심을 가지고 찾아온 사람을 처음 만나보는 신인 작가한테서나 나올 법한 진지함과 성실함을, 육십대의 세계적 작가가 보이고 있었다.

그런 매력은 페스티벌 막바지에 인터뷰한 캐나다 작가 폴 드리센도 지니고 있었다. 코 회드만이 동심을 잃지 않고 '곱게 늙은' 할아버지라면, 폴 드리센은 '화면 분할' 등 실험적인 기법으로 유명한 애니메이션 작가로 상업적인 성공과는 먼 삶을 살아온 인물이다(그의 작품들 역시 유튜브에서 확인할 수 있다). 장발에 목이 늘어진 티셔츠와 운동화 차림으로 우리를 만났던 폴 드리센은, 자기가 보기에도 방송 인터뷰에 적합한 복장은 아니라고 생각한 듯, "아, 셔츠도 있습니다. 갈아입도록 하지요" 하고는 이십 년쯤 들고 다녔을 것 같은 백팩에서 몇 번을 접어 구깃구깃해진 셔츠를 꺼내서 입었다. 뭐랄까, 깔끔하게 정리한 머리와 수염에 깨끗한 안경을 쓰고 있었던 코 회드만과 비교하자면, 폴 드리센은 '야성'이랄까, '아웃사이더'의 면모를 육십대까지 지니고 있는 모습이었다. 애니메이션 작가들의 작품 활동을 지원하기 위한 공청회 같은 곳에서 공무원이 어이없는 말을 했다고 가정해보자. 폴 드리센이 그런 상황에서 단상을 엎고 나가버릴 것 같은 스타일이라면, 코 회드만은 공청회를 주최한 담당자를 찾아가 "저기, 폴이(둘은 나이도 동갑이

다) 욱하는 성격이 있어서요……"라고 웃으며 사태를 수습할 것 같은 스타일이랄까…… 아무튼 목이 늘어난 티셔츠에서 단추가 달린 낡은 셔츠로 갈아입은 폴 드리센이 인터뷰 도중에 이런 말을 했다. 정확한 표현은 기억나지 않지만 대충 이런 뜻이었다.

"나는 이전에도 가난하게 살았고, 지금도 가난합니다. 하지만 하고 싶은 일을 하고 살았기에 후회는 없습니다."

육십대 중반에 이런 말을 하는 노인이라…… 나는 그런 말은 함부로 하는 것이 아니라고 생각한다. 인간이 처할 수 있는 어떤 상황에 대해서는 직접 겪어보지 않은 채 섣불리 장담해서는 안 된다고 생각하고, 가난도 그런 상황들 중 하나라고 여기기 때문이다. 폴 드리센이 실제로 얼마나 가난하게 지냈는지는 알 수 없지만, 잠깐 만난 그의 용모는 넉넉해 보이지 않았다. 그런 용모를 불편해하지 않고 당당하게 우리를 맞았던 그 노인이, 대단히 멋있어 보였던 것만은 어쩔 수 없다. 다정하고 따뜻했던 코 회드만의 매력과는 다른, 하지만 같은 결을 지닌 그 매력은, 이제 와 생각해보면 어떤 일을 자신이 좋아한다는 이유 하나만으로 꾸준히 해온 사람들의 매력이었다. 결과로 얻어지는 지위나 명예, 혹은 경제적인 이익을 보고 일을 하는 것이 아니기 때문에, 그들은 나이를 먹고 해당 분야에서 인정받는 지위에 오른 후에도 여전히 처음 그 일을 시작할 때의 그 사람으로 남는다. 자신이 가장 몰두해서 할 수 있는 일을 계속할 수 있었다는 점에서 아마도 운이 좋았을 것이고, 그럴 수 있는 재능도 있었을 것이다. 어쩌면 재능이라는 것도 소설가 김연수의 말처럼 '자기가 좋아하는 일만 하기로 결심하는 용기'의 다른 말에 불과한 것인지도 모른다. 코 회드만과 폴 드리센의 매력은 그 용기가 한 인간 안에서 몇십 년을 묵은 후에 내는 빛이었다고도 할 수 있겠다. '이것만 있으면 된다'고 생각하고 그 생각을 따르는 용기……

공식 일정을 모두 마치고 시상식만 남겨놓은 토요일, 시상식이 열리기 전까지 달리 할 일이 없었다. 필요한 촬영과 인터뷰는 모두 마쳤다. 우리(나와 동료 피디)는 각자 자유 시간을 가지기로 했다. 해보고 싶은 게 있었다. 안시의 그 큰 호수를 자전거로 한 바퀴 돌아보는 일. 일주일 동안 타고 다녀서 이제는 몸에 익숙해진 자전거로 그렇게 호수를 따라 무작정 페달을 밟았다. 따로 목적지가 있는 것도 아니었지만, 이따금 멈춰서 저쪽 어디에 존 버거가 살고 있는 건가? 하고 혼자 생각하기는 했다. 나는 그에게 조금이나마 다가가고 있는 것인가? 중간 중간에 주민으로 보이는 가족 단위의 사람들이 이른 물놀이를 즐기고 있었다. 그 자리는 몇백 년째 비슷한 가족들이 와서 그렇게 물놀이를 즐겼을 것만 같았다. 그들 역시 가족과 함께 물에 들어가고, 싸온 음식을 먹는 그 시간에는 현재만을 살았을 것이다. 우리는 자신이 좋아하는 일을 하고 있는 바로 그 순간에, '지금 나는 행복하다'라는 생각을 너무 안 하며 지내는 것인지도 모르겠다. 그날 오후 안시의 호수에서 물놀이를 하는 주민들은 그 순간 행복했을 것이다. 출장을 성공적

건너오다

으로 마무리하고 선물같이 주어진 시간에, 가장 좋아하는 작가를 생각하며, 처음 가보았고 다시 갈 일도 없을 것 같은 호숫가를 자전거로 달리던 나도 행복했다. 누가 뭐래도 그런 시간이 있었다.

2018년 동계올림픽 개최지로 평창이 결정될 때 뮌헨과 함께 평창과 경쟁했던 도시가 바로 안시다. 세 도시 중 가장 적은 표를 받아 탈락했지만, 원래부터 올림픽 개최에 대한 열망이 크지 않았던 시민들이 '뭐, 그렇게 됐네……'라는 표정으로 하던 일을 계속 하는 바람에 "탈락의 슬픔" 어쩌고 하는 기사를 준비하던 기자들이 곤란했다는 뉴스가 있었다(일부 시민들은 올림픽 개최가 안시의 환경—안시 호수는 서유럽에서 물이 가장 맑은 호수이기도 하다—에 악영향을 미칠 것이라며, 투표 전부터 개최에 반대한다는 시위를 하기도 했다. 우리나라의 보수 신문은 이게 평창 유치에 유리할 거라며 또 신나서 그 소식을 옮겨 적고 그랬다). 나 역시 올림픽이라는 소란스러운 행사는 안시와 어울리지 않는다고 생각한다. 외국의 어떤 도시, 혹은 어떤 인물을 섣불리 이상적으로 평가하고 낭만화하는 것은 바람직하지도, 정확하지도 않다는 것은 잘 안다. 안시에도 부동산 투기를 하는 개발업자가 있을 것이고, 남은 건 심술밖에 없는 노인들도 꽤 있을 것이고, 어쩌면 그 호수에 몸을 던져 자살한 사람도 있을 것이다. 여유 있게 현재를 즐기는 안시 시민들의 삶이, 세상 어디선가 그런 생활을 꿈도 꾸지 못하는 다른 사람들의 삶과 하나의 세계로 이어져 있다는 것도 안다. 하지만 내가 일주일 동안 경험한 안시, 그래서 나에게는 그것이 전부이기도 한 안시의 경험이 좋았기 때문에,

그 도시가 나의 기억 속에서 이상화된 것은 또 그것대로 나에게는 현실이다. 나에게 안시는 닮고 싶은 두 노인을 만날 수 있었던 도시, 그리고 '닮고 싶다'고 말하기도 조심스러운 한 작가가 살고 있는 지역이기도 했다. 그리고 그 도시의 주민들은 올림픽을 통해 얻어지는 경제적 효과니 나라의 위상이니 이런 것에 개의치 않고, 그냥 주말 오후면 호수에서 물놀이를 하고, 해마다 한 번씩 열리는 애니메이션 페스티벌에서 재미있는 영화들을 보는, 그것만 있으면 되는 사람들이었다. '이것만 있으면 된다'라고 말할 무언가를 지닌, 무엇보다 그렇게 말할 용기가 있는 사람들은 언제나 부럽다.

마음은 언제 현실을 따라잡는가

모스크바는 어쩌다 가게 되었을까? 당시 나는 방송국에서 외화 수입 및 수출을 담당하는 부서의 막내였다. 이 부서의 가장 큰 행사는 4월 과 9월에 칸에서 열리는 방송 견본시, 소위 말하는 MIP이다. 전 세계 영상 관련 배급사와 주요 방송사들이 모두 한자리에 모이는 행사라 고 보면 되는데, 이 MIP는 아무래도 방송 콘텐츠 선진국인 미국과 영 국, 프랑스의 배급사들이 중심인 행사가 될 수밖에 없다. 그런 상황에 서 러시아가 구소비에트연방에 속했던 과거 '공산권' 국가들의 방송 콘텐츠를 소개하고 싶은 마음에 모스크바 방송 견본시를 개최하기로 했다. 이제 막 시작한 시장인 만큼 바이어(이 시장에서 방송사는 해외 콘 텐츠를 구매해서 방영하는 바이어다)들의 참여가 저조하고 관심도 없는 것이 당연했다. 이를 감안한 주최측에서 여비만 들여서 와주면 임대료와 설치비를 받지 않고 행사 부스를 제공하겠다고 제안했고, MIP 한 달 후의 행사인 만큼 여력이 많지 않았던 방송국에서 막내인 나를 보내기로 했다. 가서 보니 다른 방송사에서도 나 정도 연차의 직원들이 나와 있었다. 행사의 중요도는 참석하는 사람들의 면모를 보면 알 수 있다. 당연히 모스크바 견본시는 담당 부서의 '막내'들이 참석하는 정도로만 중요한 행사였다. 모셔야 할 상관 없이 또래의 담당자들만 모이면 훨씬 재미있다. 왜 안 그렇겠는가? 실적 부담 같은 거 없이 그냥 행사 분위기를 파악하고 보고서만 쓰면 되는 출장이다. 게다가 당시에는 모스크바 직항이 많이 없어서 행사 시작 사흘 전에 모스크바에 도착했다. 이틀은 '할 일 없이' 지내야 하는 셈이다. 이틀 동안, 업무 부담 없는 출장자들이 차를 한 대 빌려서 모스크바를 구경했다. 회사 생활을 하다보면 이런 출장도 있다.

그래도 모스크바는 파리나 뉴욕이 아니었다. 그 이름이 가지는 어떤 무시무시함이 있다. 냉전 시대에 태어나서 초등학교와 중학교에 다니는 내내 소련은 '나쁜 나라들의 대장'이라고 배워온 나 같은 사람에겐 그랬다. 내가 초등학생이던 때는 아직 텔레비전에서 정기적으로 〈배달의 기수〉라는 국군 홍보 프로그램이 방영되었고, 일 년에 한두 번씩 전교생이 '반공 영화'를 의무적으로 보러 가곤 했다. 대구시민회관에서 보았던 반공 애니메이션(아이들에게 반공의식을 효과적으로 심어주어야 했으니, 당연히 애니메이션이다)의 주인공은 '똘이 장군'이었다. 왜 타잔 복장을 하고 있는지 알 수 없는 똘이 장군이 남한을 공격하기 위해 땅굴을 파고 있는 붉은 공화국의 괴수를 처단하는 내용이었다(지금 다시 찾아보니, '똘이 장군'은 어린이들에게 올바른 국가관을 심어주기 위해 개발한 애니메이션 '시리즈'의 주인공이고, 내가 대구시민회관에서 본 작품은 〈제3땅굴〉편이었다). 붉은 공화국의 악독한 병사들은 늑대고 괴수는 돼지다(똘이 장군을 도와주는 남쪽 동물은 주로 사슴과 다람쥐 같은 '귀여운' 동물이다). 늑대와 돼지가 보면 억울하다 할 그 영화에서, 똘이 장군이 돼지 수령을 처단하는 장면을 보고는 흥분하여 소리지르던 나에게 모스크바는…… 여전히 땅굴이나 다름없는 곳이었다. 1920년대 레닌이 혁명에 성공한 직후 모스크바를 방문했던 카잔차키스는 '러시아에서는 전쟁이 임박한 분위기가 느껴진다'고 했다. 그 전쟁이 같은 전쟁인지는 모르겠으나, 처음 구공산권 국가를 방문하는 나의 마음속에서 그 '전쟁'은, 적어도 심리적으로는 아직 끝나지 않은 것이었다. 나 같은 이에게 그 전쟁은 처음부터 '전해 들은' 전쟁에 불과했다. 아주 큰 전쟁이 있었고, 그 때문에 지금의 세상이 이 모양이라는 소문만 들으며 자랐고, 자란 후에는 그 전쟁이 우리 쪽의 완승으로 끝났다고, 또 소문으로만 들었다. 그래서 과거 '나쁜 나라들의 대장'이던 나라는 이제 장사를 잘 해봐야 할 파트너가 되었고(모스크바 시내의 유명한 자리마다 한국 전자제품 회사의 입간판이 잘 보이게 우뚝 서 있다), 나는 그 시장에서 수지가 맞는 거래가 이루어질지를 알아보려는 '임무'를 받고 왔다. 처음부터 그저 어리둥절하기만 한 어떤 대상을 몸으로 겪어야 하는 일주일, 단 한순간도 긴장을 놓지 못했던 일주일이었다. 어떤 장소에서 안심하기까지는 시간이 얼마나 필요한 걸까? 시간 말곤 또 어떤 것들이 필요한 걸까?

우리가 묵은 호텔은 과거 소비에트연방 고위 간부들의 집무실이 모여 있던 건물이라 했다. 건물 바로 옆은 벽돌과 모래까지 미국 현지에서 싣고 와서 지었다는 미국대사관이었고, 그 건너편은 1991년 쿠데타 당시 긴장이 감돌던 국회의사당이었다. 시키지도 않았는데 덥석 우리 짐을 방까지 들어준 나이 지긋한 호텔 종업원은 우리가 준 팁(1불로 기억한다)이 너무 적다고 더 달라고 했고, 생수를 파는 호텔 앞 신문 가판대의 아저씨는, 오백 밀리 물 한 병에 2불을 내미니, 3불 주면 안 되냐고 씨익 웃으며 장난처럼 말했다. 팽팽했던 역사의 긴장이 완전히 풀어지진 않은 구제국의 중심에선 아직 아무것도 안정되지 않았고, 사람들은 노골적으로 돈을 구하고 있었다.

이틀 동안 모스크바 시내와 근교의 러시아 정교 사원을 구경하고, 러시아 현지 음식을 먹었다. 마침 2차대전 승전기념일이어서 시내의 차들은 모두 러시아 국기를 달고 달렸고, 행사 준비로 정작 입장을 할 수 없는 크렘린 주변은 주말을 맞아 쏟아져나온 인파로 혼잡했다. 우리는 덩치 크고, 어딘가 무섭게 생기고(어린 시절의 이미지는 이렇게나 강하다), 잘 웃지 않는 사람들, 가끔씩 웃는 사람을 만나도 함께 그 웃음 안으로는 들어갈 수 없을 것 같은 사람들로 혼잡한 러시아를 떠다녔다. 그 안에 있기는 하였지만, 그 속으로 스며들 수는 없었던 시간이었다.

러시아에서 나를 가장 먼저 어리둥절하게 했던 것은 화려한 원색의 건물들이었다. 시내 중심의 유명한 성바실리 성당, 하루를 온전히 비우고 다녀온 모스크바 근교의 세르기예프 파사드 등 제정 러시아 시기의 건물들은 하나같이 화려한 원색으로 치장하고 있었다. 공산당 간부들의 제복과 군복의 '탁한' 무채색으로만 러시아를 보고 있던 나 같은 사람에게 놀이공원에서나 볼 수 있을 것 같은 금색, 밝은 파란색, 녹색으로 치장한 그 건물들이 우선은 가장 눈에 띄는 충격이었다. 혁명을 일으킨 프롤레타리아들은 그 화려한 원색에서 지배계급의 사치만을 보았던 것일까? 그래서 바뀐 세상을 가장 먼저 '보이기' 위해 건드린 것이 '색(色)'이었던 걸까? 어쩌면 20세기의 러시아는 그렇게 극에서 극으로 바뀌어왔던 것은 아닐까? 과거의 흔적이 아직 남아 있는데, 변화는 너무 급격하게 찾아왔던 것이 아닐까?

역사박물관과 근처 마네시 광장에 가면 꺼지지 않고 늘 타오르는 불이 있고, 그 앞을 근엄한 표정의 위병이 지키고 서 있다. 2차대전 중에 사망한 무명용사를 기리는 불이다. 불은 때로는 '영원한' 현재를 상징한다. 모든 것을 흘려보내는 물과는 반대다. 강이나 바다를 보며 있었던 어떤 일들이 지나갔음을 확인하고 위로를 받는 경우는 많다. 그 물이 나의 일상에서 멀리 떨어진 여행지의 물이라면, 일상이 보이지 않는다는 이유까지 더해져서, 지금까지와는 '다른' 삶의 풍경이 가능할 것 같다는 생각이 한층 더 커지기도 한다. 사람들이 물가에서 여행을 실감하는 것, 또한 여행지가 자주 '물'을 강조하는 건 그런 기대 때문인지도 모르겠다. 반대로 늘 타고 있는 불은 어떤 것들은 영원히 사라지지 않음을 상징한다. 어떤 일들은 잊으면 안 된다는 것, 그것을 잃어버리는 건 나의 일부를 잃어버리는 것임을 상징하는 불. 삶이 그렇게 물과 불의 뒤섞임이라면, 균형 잡힌 삶을 위해서는 무엇을 잊고 무엇을 기억해야 하는가…… 그 균형을 찾지 못할 때 사람의 몸은 불안하다. 혁명 직후인 1925년부터 1930년 사이에 여러 차례 러시아를 방문했던 니코스 카잔차키스는 자신의 기행문『러시아 기행』, 오숙은 옮김, 열린책들, 2008, 252쪽에서 그런 '불균형'을 겪고 있는 노인을 묘사했다.

"그중 키가 크고 적갈색 수염을 기른 강단 있어 보이는 한 농민이 기괴할 만큼 우습게 묘사한 옛 지주의 인형을 들고 있다. 그것을 보면 누구라도 웃음을 억누를 수 없을 것이다. 그러나 정작 그것을 들고 있는 농민은 모두에게 잘 보이도록 인형을 오른쪽 왼쪽으로 돌려가면서 지극히 심각하게 절을 하는데, 그 모양새가 마치 성스러운 성찬식 기를 들고 있는 사람 또는 죽은 사자를 품에 안은 사람처럼 보인다. 그러나 그는 그 사자가 죽었다는 것을 믿지 못하는 것처럼 가볍게 몸을 떨고 있다. 그의 몸은 아직 그의 영혼과 보조를 맞추지 못한다."

11월 7일, 10월혁명의 시작일(혁명 당시 러시아는 아직 율리우스력을 쓰고 있었기 때문에 당시 달력으로 혁명 시작일은 10월 25일이었다) 기념식에 참석한 노인을 묘사한 문장이다. 평생 포악한 지주 밑에서 시달렸던 노인은 새로운 세상이 왔음을 '소문으로' 들었지만, 몸으로 받아들이지는 못하고 있다. 어쩌면 몸으로 다른 세상을 익히기에는 그 노인에게 남은 시간이 부족한 것인지도 모른다. 노인의 몸안에선 아직 어떤 불이 타고 있었던 걸까?

모스크바 근교의 세르기예프 파사드에 다녀오는 길이었다. 근처 마을에서도 마침 승전기념일 행사가 진행중이었다. 마을 사람들이 모두 행사장 주변에 나와 있다. 군복 차림의 젊은이들, 새빨간 머리에 검은색 옷을 입은 중년 부인들 틈에 노인들의 모습도 눈에 띈다. 그중 한 할아버지. 백발을 곱게 빗어 넘기고, 검은색 정장을 차려입고, 지팡이를 짚은 채 승전기념일 행사를 지켜보고 있다. 만약 그가 칠십대라면 2차대전 당시에는 십대였을 것이다. 유난히 야만적이었다는 러시아군과 독일군의 전투를 노인은 몸으로 기억하고 있을 것이다. 러시아는 전쟁에서 승리하였고, 그후 삼사십 년, 그러니까 노인의 청장년기에 해당할 그 시간 동안, 소련은 그저 한 나라가 아니라 인류의 어떤 가능성에 대한 기대를 짊어진 나라였다. 그리고 불과 십여 년 전에 기대가 완전히 무너졌음을 확인해야 했다. 그런 일생을 살아온 노인이 여전히 '승전'기념일에 참석한다. 노인은 무엇을 잊지 않고 싶은 것일까? 그의 몸안에선 또 어떤 불씨가 아직 꺼지지 않고 있는 것일까? 카잔차키스의 기행문에 나오는, 혁명 시작일 기념식에 참석한 농부 노인과 세르기예프 파사드 근처 마을의 승전기념일 행사에 참석한 노인은 팔십 년이란 시차를 두고, 같은 '불균형'을 경험하고 있는 것 아닐까. 이기는 쪽과 지는 쪽이 뒤바뀌었지만, "그의 몸은 아직 그의 영혼과 보조를 맞추지 못한다"는 점에서는 똑같은?

출장 기간 중 어느 날엔가 한국인 출장자들끼리 모스크바 시내의 그루지야식 식당에서 현지 식사를 했다. 거하게 식사를 마치고 맥주까지 한잔 마시고 열시쯤 나왔는데도 아직 해가 지지 않고 있었다. '백야'까지는 아니더라도, 일 년 중 그맘때는 열한시쯤 되어야 어두워진다고 했다. 몸의 시간에 따르면 밤이어야 하는데 아직 세상은 어두워지지 않았다. 처음 경험하는 백야는 뭐랄까, 세상에 필터를 끼운 것 같은 느낌이었다. 해가 지지 않았지만 해가 보이지는 않는다. '그림자가 보이지 않는 낮'이라면 그 비현실적인 느낌이 설명되려나? 물론 그냥 흐린 날에도 그림자는 보이지 않지만, 여독과 숙취 덕분에, 그리고 무엇을 보고 무엇을 들어야 할지 갈피가 잡히지 않았기 때문에 모스크바의 백야는 그렇게 아귀가 맞지 않는 어색하고 낯선 느낌으로 기억되고 있다. 그 백야의 숙취는 비행시간의 시차만은 아닌 어떤 시간의 어긋남에 대한 경험이었다. 몸이 세상의 시간을 따라가지 못하는 불일치, 20세기의 러시아라는 나라가 온통 그런 불일치에 대한 상징이었을 수도 있겠다. 늘 어긋나 있는 세상과 나의 시간…… 그 점에선 1920년대 후반 혁명기념일에 참석한 과거의 농노와, 2차대전을 경험하고 2006년 승전기념일에 참석한 노인과 내가 다르지 않았다. 차이라면 내 몸이 하루의 시차에 어색해하고 있다면, 두 노인은 그보다 단위가 큰, 어쩌면 한 인생 내내라고 해야 할 시차를 극복하지 못하고 있다는 것뿐이었다. 모두가 그렇게 나의 시간을 세상의 시간에 맞추며 살아가지만 모두가 성공하는 것은 아니다.

볼쇼이발레단의 〈지젤〉 공연을 본 날, 인상에 남았던 건 그 유명한 발레 공연이 아니었다. 극장 앞에 공중전화 부스가 있었다. 이미 휴대전화가 보편화되었던 당시에 공중전화가 무용지물이 된 것은 우리나라나 러시아나 다를 바가 없었던지, 내가 지켜보는 몇 분 동안 공중전화를 쓰는 사람은 한 명도 없었다. 버튼식이 아닌 다이얼식 전화기. 사람들 손때와 거리의 먼지를 뒤집어써서 지저분한 미색 몸체에 검은색 송수화기가 덜렁 걸려 있고, 공중전화임을 알리는 글씨는 반 이상 벗겨져서, 그 자리에 오랫동안 있었던 전화기임을 알 수 있었다. 공중전화도 세상의 시간에 적응하지 못하고 있었다. 시내 한복판에 있는 공중전화임을 감안하면 많은 사람들이 그 전화를 통해 소식을 주고받았을 것이다. 마음대로 상상해본다. 볼쇼이발레단의 단원 중 누군가가 그 전화를 통해 첫 아이가 태어났다는 소식을 확인했을 수도 있다. 최초의 인공위성 스푸트니크호가 성공적으로 발사되었을 때 그 전화를 썼던 모든 사람들이 아마도 그 이야기를 했을 것이다. "오늘 스푸트니크 1호 발사도 성공했는데, 우리 한잔해야 하지 않겠어?" "스푸트니크 1호를 봐서라도 우리 화해하자." 뭐 이런 이야기들이 오가지 않았을까?(1957년엔 아직 공중전화가 없었으려나?) 그 이야기들 중 얼마나 많은 이야기들이 지금 기억되고 있을까? 그 이야기를 나누었던 사람들은 바뀐 세상이 어지럽지 않을까?

러시아에 있는 동안 현지인들과는 한마디도 나누지 못했다. 행사를

건너오다

지원하는 모스크바 외국어대학의 영어 전공자 통역 학생이 있었지만, 그 친구랑 나눈 이야기라는 것이 그저 "너는 앞으로 뭐가 되고 싶니?" 정도였고, 그 친구가 우리에게 궁금해한 것도 행사나 방송과 관련된 수준을 넘어서지 못했다. 나는 '잘사는' 나라에서 온 비즈니스맨을 부럽다는 듯 바라보던 그 영리한 여학생의 눈빛이 내내 불편했다. 대화를 나누지 못했으니 지금을 살고 있는 러시아인들의 삶을 간접적으로나마 경험했다고 할 수는 없다. 모스크바의 마지막 인상은 마지막날 호텔에서 행사장으로 걸어가던 길에 보았던 장면이다. 중심가 상점 건물의 외벽에 커다란 광고물을 설치하는 중이었다. 금발의 백인 여성이 수영복 차림으로 바닷가에 누워 있는 커다란 사진이 인쇄된 현수막을 노동자 한 명이 건물 벽에 매달려 걸고 있었다. 으리으리한 자본주의의 승리 앞에 매달린 노동자의 모습. 세상의 시간을 따라잡으려는 마음이 그렇듯이, 위태로운……

호주 마운트아이자

때론 현실이 아닌 것처럼

프로그램 제작 출장의 좋은 점은, 여행객으로는 절대 갈 수 없는(갈 이유가 없는) 곳들을 가보게 된다는 점이다. 일 년 중 백 일을 해외에서 보냈던 2011년에는 그런 곳을 참 많이 다녔다. 미국이라기보다는 중부 유럽의 어느 산악 지대를 떠올리게 했던 미국 몬태나 은퇴한 노인들밖에 없는 것 같았던 이탈리아의 구비오도 그런 곳이지만, 그중에서도 가장 인상 깊었던 곳, 아마도 다시는 갈 일이 없을 것 같은 곳을 꼽으라면 호주 한가운데에 있는 도시 마운트아이자다.

호주 대륙의 환경은 사실 생명에게 대단히 적대적이다. 사람들이 모여 사는 도시는 대부분 해안을 따라 형성되어 있고, 내륙 지역은 사람이 정착하기 힘든 건조하고 뜨거운 '사막'에 가깝다. 마운트아이자는

42   건너오다

그런 사막 한가운데 있는 도시다. 도시가 생긴 이유는 주변의 광물 때문이었다고 한다. 우리는 그 도시에서도 차로 다섯 시간 정도 떨어진 리버슬레이라는 화석 산지에 가야 했다. 시드니에서 바로 가는 비행기도 없어서 브리즈번에서 갈아타고 도착한 마운트아이자 공항은 국제공항이라는 이름이 무색할 정도로 간소했다. 해외에서 방송팀이 오는 게 드문 일인지, 현지 신문사에서 취재까지 나왔다.

현지에서 화석 산지로 우리를 안내할 고생물학자 존을 만나 곧장 미리 예약해놓은 사륜구동 렌터카를 타고 리버슬레이로 향했다. 존은 뭐랄까, 학자라기보다는 동네 청년 느낌이었다. 세계적으로 의미 있는 화석 산지이다보니 마운트아이자에는 '화석 센터'라는 곳이 있는데, 거기서 일하는 고생물학자다. 그런데 우리가 도착하기 얼마 전 거기서 잘렸다고 했다. 예산 문제로 화석 센터의 인원을 줄이기로 했다고, 그래서 자기는 이제 새 일자리를 알아봐야 한다고, 우리를 안내하는 일이 마운트아이자 화석 센터에서 하는 자신의 마지막 일이 될 거라고 했다. 생각해보면 직장에서 잘린 상황인데, 그 어조가 참 담담했다.

창밖으로 보이는 풍경은 그때까지 보았던 어떤 풍경과도 달랐다. 붉은색이 도는 갈색의 땅에는, 여기저기 크고 작은 바위들이 흩어져 있고, 세상의 모든 개미집들을 모아놓은 것처럼 이삼 미터 간격으로 높이가 일 미터가 넘는 개미집들이 서 있었다. 아무리 돌아봐도 '양분'이 있어 보이는 식물이나 다른 동물은 안 보이는데, 저렇게 많은 개미집 안에 또 잔뜩 모여 있을 그 많은 개미들은 뭘 먹고 사는 걸까? 똑같은 풍경 속을 한참 달리다보면 보이는 것은 가죽이 축 늘어진 것처럼 보이는 소떼와, 길옆에서 갑자기 튀어나오는 캥거루와, 죽어서 말라버린 캥거루 사체와, 트레일러만한 짐칸을 두 개씩 이어붙이고 달리는 트럭들이었다. 육로 수송을 하려면 느리더라도 그렇게 한 번에 많은 양을 옮기는 게 수지가 맞겠구나 하는 생각도 들었다. 며칠 전에는 칸이 백 개쯤은 되어 보이는 화물 기차를 본 적도 있었다. 마침 석양이어서 이미지가 좋다고 카메라를 돌렸는데, 기차가 다 지나가기까지 한 오 분은 걸렸던 것 같다. 호주에서 새로 생각한 단어는 '스케일이 다르다' 할 때의 그 '스케일'이다. 스케일의 원래 뜻은 자나 저울의 눈금과 눈금 사이다. 과연 이런 땅에 사는 사람들은 눈금의 단위가 다르겠구나, 그런 식으로 경험은 곧 척도가 되는 것이구나 싶다. 실직한 존이 (우리의 예상과 달리) 덤덤했던 것도 그런 차이 때문일까?

그 단조로운 드라이브에서 가장 인상에 남았던 건 무엇보다 네다섯 시간 내내 우리를 따라다니던 햇빛이었다. 호주 내륙의 햇빛은 뭐랄까, 너무 세고, 너무 예리했다. 우선은 따갑기도 하거니와, 그런 햇빛 아래에서는 모든 사물들이 더 또렷하게 보인다. 경계를 분명히 드러내는 햇빛…… 이 주를 넘긴 해외 촬영에 서서히 지쳐가기 시작하던 나는 그 햇빛의 따가움이 부담스러웠고, 그 빛을 받은 바위와, 마른 식물과, 개미집의 또렷한 선들에 베인 것처럼 몸이 불편해졌다. '이렇게까지 쨍하게 다 드러내버리면 무안하잖아?' 하는 원망을 떠올리기도 했다.

오지인 만큼 당연히 제대로 된 숙소는 없었다. 이름을 'cabin'이라고 단 숙소가 있어 예약을 해둔 상태였다. 말이 숙소지, 그냥 캠프장이다. 잠자리는 컨테이너 안에 간이침대를 놓은 곳이 전부고, 샤워실과 화장실은 공동이다. 식사는…… 음…… 입에 올리기가 민망하다. 돈을 받고 팔아도 될 것 같은 식사와, 그러면 안 될 것 같은 식사를 구분하는 경계가 어디인지는 모르겠으나, 그 숙소의 음식은 '팔아도 되는' 수준은 아니었던 것 같다. 우리는 그냥 가지고 간 컵라면과 햇반으로 끼니를 때우기로 했다. 컨테이너 안의 간이침대이긴 하지만 몸이 피곤했던 걸 생각하면 잠은 쉽게 올 것 같았다. 그런데 밤이 되니 밖에서 개구리 우는 소리가 시끄러웠다. 함께 갔던 현지 코디네이터가 엇, 하며 귀를 기울이다 밖으로 나갔다. 덩달아 나가서 본 컨테이너 앞 잔디밭의 모습이 또 가관이었다. 어른 주먹보다 큰 개구리들이 잔디밭을 점령했다. '이건 또 뭔가' 하는 마음으로 구경을 하는데, 현지 코디네이터(여성)가 한 마리만 잡아주면 안 되냐고 물었다.

"개구리는 잡아서 어디에 쓰시게요?"

"요즘 이 개구리가 호주에서 난리거든요. 너무 많아져서 어떻게 처리를 해야 할지 고민인데…… 어디서 이거 관련 프로그램을 만든다고 해서요, 한 마리 잡아서 갖고 가면 좋을 것 같은데."

"이걸 갖고 간다고요?"

"아니 뭐, 그래도 일단 한번 보고 사진이라도 찍어두려고요."

그렇게 주고받는 사이, 촬영감독이 컨테이너 안으로 들어가더니 촬영용 장갑을 주섬주섬 끼고 나왔다. 아주 정밀한 촬영을 할 때가 아니면 잘 끼지도 않는 장갑인데, 그걸로 개구리를 잡을 태세다. 하긴, 차마 맨손으로 잡기는 좀 무섭다, 기보다는…… 아무튼 좀 꺼림칙했다. 그리고 당연히, 쉽게 잡힐 개구리도 아니었다. 키가 작지도 않은 촬영감독이 캄캄한 잔디밭으로 내려가 웅크리고 앉아서는 개구리를 잡아보겠다고 본인이 풀쩍풀쩍 개구리처럼 뛰며 애쓰는 모습은 뭐랄까, 어떻게 설명을 하면 좋을지 모르겠지만, 아무튼 지켜보는 우리나 애를 쓰는 촬영감독이나 참 열심이긴 했다. 그 와중에 알몸에 수건만 한 장 두른 존은 이제 막 샤워를 마쳤는지, 슬리퍼도 신지 않은 맨발로 개구리들이 점령한 잔디밭을 성큼성큼 지나가며 알은척을 했다. 뭐하냐고 물어보더니, 대답은 듣는 둥 마는 둥 하고 잘 자란다. 그런 밤이었다. 현지인들도 잘 찾지 않는 외국의 사막 한가운데서, 한 가정의 가장인 사십대 후반의 남자가 본인의 주업무와는 아무런 상관이 없는 개구리를 잡느라 한밤중의 잔디밭을 헤집고 다니고, 호주에 온 지 이십 년이 되었다는 또다른 한 가정의 엄마는 그 모습을 응원하고, 장기 출장에 지쳐 일과 관련 없는 건 뭐든 안 하고 싶은 삼십대 후반의 나는 '잡아오면 한번 구경이나 하자'라는 마음으로 그걸 지켜보고, 얼마 전에 일자리를 잃고 외국 촬영팀을 안내하러 온 삼십대 초반의 고생물학자는 알몸으로 잔디밭을 질주하는 밤. 개구리 울음소리와 손에 잡힐 듯 가까이 내려온 별들이 배경이었다. 별들은 또 왜 그렇게 많던지…… 배경이나 우리의 행동이나, 모두 참으로 비현실적이었다. 하늘에서 개구리가 비처럼 내리는 마지막 장면이 나오는 영화가 〈매그놀리아〉였던

가?

결국 개구리를 한 마리 잡고, 사진도 찍고(정면도 찍고, 둘이서 팔다리를 잡고 착 벌려서 배도 찍은 후, 다시 잔디밭에 던져주었다), 맥주를 한 병씩 더 마시고 잠자리에 들었다.

다음날은 본격적인 촬영이었다. 아침을 먹는 둥 마는 둥 하고, 어제저녁에 당했던 경험으로 도시락은 됐다 하니, 숙소 주인은 이미 너희 도시락을 싸놨기 때문에 취소하면 안 된단다. 그래봤자 샌드위치에 주스 한 병인데…… 아무튼. 배가 거의 반구 모양이라고 해도 좋을 만큼 튀어나오고 늘 맥주를 마시고 있는 것 같은 주인은 이래저래 마음에 들지 않았다.

날씨는 무지 더웠다. 그저 더운 정도가 아니라 '덥다'라는 기준 자체를 넘어버린 더위 같았다. 한낮에는 섭씨 47도까지 올라갈 예정이라고 했다. 현지인들은 대부분 야외 활동을 안 한다고 하는데, 나는 오히려 이런 조건이면 촬영을 할 때 조금 서둘러서, 일정 자체를 줄이는 게 낫겠다고 생각한다. 촬영감독도 까짓거 해보자고 하고, 존은 뭐…… 안 된다거나 싫다고 말하는 법이 없는 친구다. 그렇게 다시 사막 한복판으로 나섰다. 일을 하러 왔으니 일을 하는 것뿐이다. 조건이나 상황 같은 건 직접 부딪혀보고 나서 판단한다.

47도라면 사우나 온도와 비슷하다. 차이라면 너무 건조하다는 것, 그리고 햇볕이 따가울 정도로 세다는 것이다. 모자도 쓰고 선크림도

발랐지만 촬영 현장에 도착하고 차에서 내려 장비를 들고 정확한 촬영 지점까지 올라가는 사이 어느새 온몸이 땀으로 흠뻑 젖었다. 돌산을 백 미터 정도 올라가는 동안 느끼는 실감은 이 세상이 아닌 것 같다는 것이었다. 사방을 둘러봐도 사람은커녕 움직이는 건 하나도 보이지 않았다. 그런 메마른 환경에서만 자라는 식물과, 중간 중간에 솟은 언덕들과, 지평선까지 펼쳐진 갈색 황무지뿐이었다. 그렇지 않아도 낯선 그 풍경 속에서 겪어보지 못한 더위에 몸을 움직이다보면, 정말 꿈속에 있는 것만 같은 기분이 든다. 조금 떨어진 다른 언덕 위에 촬영을 위해 서 있는 존의 모습이 아지랑이 너머로 보이는 풍경처럼 흐릿하고(정말 아지랑이가 있었던 것인지도 모른다), 다른 사람의 말소리도 평소와는 울림이 다르게 들렸다. 그럼에도 우리는 두 시간 정도 꾸역꾸역 촬영을 했다. 모두들 힘들어했지만(존은 그런 상황에서도 별로 힘들어하지 않는 것처럼 보였다), 아무도 힘들다고 말하지 않아서 고마울 따름이었다. 그렇게 촬영을 하는 중간 중간 나는,

죽음을 생각했다.

오는 길에 보았던, 길가에 너무 일상적으로 버려져 있던 캥거루 사체 때문이었을까? 아마도 로드킬 당한 사체들이겠지만, 사람이 많이 살지 않는 지역이다보니 딱히 치우는 사람도 없는 것 같았던 그 동물 사체는, 이런 표현이 어떨지 모르겠으나 꽤나 '자연스러워' 보였다. 죽음이 자연스러운 풍경…… 우리가 그 풍경 안에서 찍었던 것도 수십

만 년 전에 죽은 것으로 보이는 동물들의 화석이었다. 수십만 년 전에 죽은 동물의 사체와, 몇 달 전 혹은 몇 주 전에 죽은 동물의 사체밖에 보이지 않는, 주변을 아무리 둘러봐도 움직이는 것은 우리밖에 없는 공간. 그렇게 '다른 사람이 아무도 없는' 공간은 처음이었다. 어림잡아 반경 오십 킬로미터 안에, 적어도 우리의 시선이 닿는 범위 안에 사람이라곤 우리밖에 없었다. 다른 이들이 함께 있지 않았다면, 거기 그렇게 수십만 년 동안 죽어 있는 화석과, 얼마 전에 죽은 캥거루 사체와 땀을 비 오듯 흘리며 일을 하고 있는 나 사이에 차이가 있었을까? 이런 '사람 없는' 공간에 홀로 있는 사람은 살아 있는 것이라 할 수 있을까? 그러니까, 아무도 나의 존재를 모른다 해도 나는 살아 있는 것인가? 이미 '그들'의 세상에서 나는 없는 것이나 마찬가지 아닐까? 아마도 처음 보는 풍경을 바라보는 나의 의식과 비현실적인 더위를 처음 겪는 나의 몸이, 그동안의 삶의 공간에서와는 완전히 다른 경험을 하고 있었기 때문에, 삶의 반대인 죽음을 떠올렸던 것인지도 모른다. 그것이 죽음과 가까운 경험인지는 알 길이 없지만, 삶, 혹은 그때까지 내가 겪어본 생활과는 가장 먼 경험이었던 것은 사실이다.

결국 예정했던 촬영을 일찍 접고 숙소로 돌아와야 했다. 그리고 다음날도 서둘러 마무리 촬영을 하고 일찌감치 마운트아이자로 돌아오는 길에 나섰다. 도중에 타이어에 펑크가 났다. 타이어를 교체하는 일도 존의 몫이었다. 고생물학자가 타이어도 잘 교체하는가 싶더니, 그렇게 땀과 흙이 범벅이 된 옷으로 그대로 차에 올라 운전을 했다. 그러고 보니 처음 만나고부터 사흘째 계속 같은 옷이었다. 뭔가 좋지 않은 냄새가 나는 것 같기도 했지만 크게 신경쓰지는 않았다. 뒷좌석의 스태프들은 모두 잠들었고 나도 졸렸지만, 혼자 운전할 존이 안돼서 이런저런 이야기를 해봤다. 따지고 보면 실업자 신세인데 앞으로 어떻게 할 거냐고 물어봤더니, 여기저기에 지원서를 내냈다고, 아마도 내년쯤엔 서부의 퍼스에서 일을 하게 될 것 같다고 했다. 그러니까, 나름 여유가 있어 보였던 건 그렇게 쉽게 다음 자리를 알아볼 수 있었기 때문인지도 모르겠다. 그렇게 띄엄띄엄 이야기를 하며, 세상의 모든 개미집을 다 모아놓은 것 같은 풍경을 달려 마운트아이자로 돌아왔다.

마운트아이자 화석 센터에서 나머지 촬영을 하고, 존에게 사례비까지 지급하고 나오려는데, 신발 밑창이 떨어졌다. 47도 더위 속에 돌산을 오르다가 그렇게 된 모양이었다. 왠지 연구실에는 접착제 같은 것도 있을 것 같아 존에게 물었더니, 얼른 접착제를 꺼내줬다. 뿐만 아니라 벌어진 밑창에 흙이 묻어 있는 것을 보고는, "이렇게 하면 더 잘 붙지 않을까요?" 하면서 내가 신던 신발을 가져가서 아세톤으로 슥슥 닦아주기까지 했다. 신발이 마르기를 기다리는데 사무실 한쪽 구석에 있는 플라스틱 상자에 삼엽충 화석이 잔뜩 들어 있는 것이 보였다. 그나마 상태가 괜찮은 것으로 하나 집어들고 가져도 되냐고 물으니, 존은 그러라고 했다. 그리고 잠시 후, 다른 화석 하나를 건네며 "이게 더 모양이 완벽히 남았는데요" 했다. 외국인은 대개 처음엔 낯설지만 며칠을 함께 보내다보면 조금은 가까워지게 마련인데, 이 친구는 사흘 내내 같은 모습이었고, 우리와의 거리도 똑같았다. 그 한결같음이 부담이 없어 좋지만, 딱히 가까워진 게 아니니 헤어지는 것이 많이 아쉬울 것도 없다. 그럼에도 기억에는 오래 남을 것 같았다. 풍경으로 보나 상황으로 보나 익숙했던 현실과 가장 멀다고 해야 할 곳에서 사흘을 함께 보냈기 때문일까. 존 같은 사람도 다시 만날 일은 없을 것 같다. 상대에 상관없이 늘 같은 모습을 보이는 사람도 비현실적이긴 마찬가지니까.

마운트아이자의 숙소로 돌아와 잠시 쉬다가, 저녁을 먹기 전에 잠깐 근처에 있는 호수에 가보기로 했다. 호수 이름은 문다라Moondarra(호주 원주민의 언어로 '많은 양의 비'라는 뜻이라고 한다). 47도의 사막이 그랬던 것처럼 이런 풍경도 처음이기는 마찬가지였다. 호수라고는 하지만 사실은 댐으로 강의 흐름을 막아서 생긴 거라고 한다. 강물은 끝이 보이지 않게 느릿느릿 흐르고, 그 위에 두루미와 비슷한 새들이 앉아 있고, 하늘엔 역시 본 적 없는 작은 새들이 떼를 지어 날아다녔다. 마침 석양이었고, 호주 출장에서 가장 평화로운 순간이었다. 익숙했던 현실에서 멀리 떨어진 풍경이라는 점에서는 47도의 사막 한가운데와 다르지 않았지만, 이 풍경은 오랫동안 마음속에 담아두고 싶었다. 아무것도 하지 않아도 그저 거기에 있는 것만으로 몸과 마음이 편안해지는 공간이 있다. 그곳이 그랬다. 물은 물이어서 느릿느릿 흘러가고, 큰 새들은 큰 새대로 거기가 자기 자리라는 듯 평화롭게 강물 위에 앉아 있고, 작은 새들은 작은 새들대로 또 그게 자기들 일이라는 듯 빠른 속

건너오다

도로 물위를 떼 지어 날아다닌다. 모두들 오래전부터 그러고 있었던 것 같고, 앞으로 한참 동안 그 모습 그대로일 것 같은 그 풍경 속에 자리를 잡고 앉으면, 지금 나의 상태가 어떻든 그게 내가 하기로 되어 있던, 혹은 되기로 예정되어 있던 모습이라는 느낌이 든다. 그런 풍경 앞에선 누구나 그 순간의 자기와 화해할 수 있을 것 같아서, 그래서 편하다. 자연 앞에서 편안함을 느끼기 시작한 것도 그날의 문다라 호숫가에서가 처음이었던 것 같다(나중에 다시 검색을 해보니 문다라 호수에는 악어를 통째로 삼키는 무서운 뱀도 살고 있다고 한다. 당연한 일이지만, 마냥 평화롭기만 한 호수는 아니었던 것이다).

저녁식사는 존이 헤어지기 전에 소개해준 중국집에서 하기로 했다. 시내(그래봤자 두 블록이다)를 두 바퀴 돈 후에야 식당을 발견했다. 주차를 하려는데 식당에서 나오는 존과 마주쳤다. 우리한테 추천을 해주고 나니 본인도 그 식당 음식이 생각났던 걸까? 그때까지도 옷차림은 그대로였다. 카메라 부사수가 "존!" 하며 큰 소리로 부르자, 잠시 어리둥절하던 존도 우리를 알아보고 환하게 웃었다. 아이들은 모두 다른 집에 보내고 오늘밤은 아내와 단둘이 보내려고 중국 음식을 테이크아웃해서 가는 길이란다. 직장을 잃은 존에게 우리가 준 사례비는 보너스 같았을 것이다. 그래서 아이들도 딴 데 보내고 아내와 단둘이 특별식을 먹기로 한 모양이었다. 괜히 좋은 일을 한 것 같아서 마음이 좋았다. 맛있게 먹으라고 인사를 하고 멀어지는 존의 뒷모습. 누군가를 즐거워하는 모습으로 기억하는 건 어쩌됐든 기분좋은 일이다. 사흘 동안 제대로 된 식사를 못했던 탓에 스태프 모두 맛있게 먹었다. 옆자리에선 누가 성인식을 했는지, 잔뜩 차려입은 젊은 여성들이 요란하게 파티를 벌이고 있었다. 고깔모자를 쓰고 시골에서 구할 수 있는 장신구들을 잔뜩 두른 현지 아가씨들의 모습이, 가장 낯설었던 공간, 마운트아이자의 마지막 기억으로 남았다.

세상의 끝, 혹은 다른 세상의 시작

태즈메이니아는 말 그대로 세상의 끝이다. 호주 대륙의 남쪽, 호주와 남극 사이에 있는 섬. 우리로 치면 제주도쯤 될 것 같다. 영국인들에 의해 호주가 처음 발견되고 서양인들이 발을 들일 무렵, 호주는 '범죄자'들을 보내는 유형지였다. 중범죄를 저지른 사람만 호주로 보내는 것은 아니었다. 호주로 보내는 죄인들에 대한 분류 기준이 어떻게 되었는지까지는 알 수 없지만, 초창기 호주로 와야만 했던 사람들 중에는 소위 말하는 잡범, 그러니까 단순 절도범들도 있었다. 주인집의 물건을 하나 훔친 가정부가 이 년 형을 받고, 팔 개월이나 배를 타고 와서 시드니에서 수감 생활을 시작하는 식이었다고 한다. 형기를 마쳤을 때 영국으로의 귀환까지 나라에서 책임져주지는 않았고, 그렇게 '자유인'

이 된 수감자들은 그대로 거기에 눌러앉아 새로운 삶을 또 만들어갔다. 태즈메이니아의 주도 호바트는 호주 전체에서 시드니 다음으로 서양인들이 정착한 도시다. 그렇게 된 사연이 또 기구한 것이, 시드니에 와 있던 죄수들이 현지에서 다시 범죄를 일으켰을 때, 그들을 보낸 곳이 바로 태즈메이니아였기 때문이다. 세상의 경계는 종종 그렇게 세상에서 거부된 사람들에 의해 조금씩 확장되기도 한다.

우리 촬영팀이 태즈메이니아를 찾은 것은 오리너구리 촬영 때문이었다. 오리너구리는 진화론에 따르면 파충류 혹은 조류와 포유류의 '중간' 단계에 있는 종, 길이 오십 센티미터에 몸통은 설치류와 비슷하지만, 발에는 물갈퀴가 있고, 오리주둥이라고 볼 수밖에 없는 넙적한 부리가 있어 그야말로 '신기한' 모양새의 동물이었다(처음 발견되었을 때 영국에 보낸 박제를 보고, 사람들은 '이건 두 동물의 앞뒤를 이어서 만든 사기'일 거라고, 아무도 그 존재를 믿지 않았다고 한다). 조류처럼 알을 낳지만, 그 알에서 새끼가 부화한 다음에는 또 포유류처럼 젖을 먹여서 키우는, 그래서 진화의 '경계'를 가장 잘 보여준다는 그 오리너구리의 서식지가 또 하필이면 사람이 정착한 세상과 인간의 흔적을 찾아볼 수 없는 미지의 땅 남극 사이의 경계 지역이라는 사실은 꽤나 적절해 보였다.

문제는 오리너구리가 극도로 예민한 동물이라서, 주변에 사람이 있으면 모습을 드러내지 않는다는 점이었다. 미리 섭외를 해둔 사설 자연공원(자연 상태에서 호주 고유의 동물들을 구경할 수 있게 하는 곳으로,

호주엔 이런 공원들도 많다)에서 이틀을 꼬박 기다렸지만, 오리너구리는 가끔씩 물위로 모습을 드러낼 뿐 우리가 있는 쪽으로 가까이 다가오지 않았고, 한국에서 임시로 만들어 간 '뗏목'은 제대로 작동하지 않았다. 이틀째 되던 날 오후, 그때까지 마음에 드는 그림을 얻지 못한 촬영감독이 말했다.

"건너가자."

개울의 반대편, 그러니까 우리가 카메라를 설치한 쪽 건너편에 오리너구리의 집이 있는 것 같으니, 그리 한번 가보자는 이야기였다. 문제는 물살이, 처음 답사를 왔을 때 봤던 것보다는 훨씬 셌다는 것이다. 그래도 이쪽에서는 더 나올 게 없을 것 같고 시간도 없고 하니 한번 건너가보겠다는 것이다. 감독이 직접 카메라를 들고, 부사수가 트라이포드를 들고 둘이서 그렇게 물이 깊어 보이지 않는 지점을 찾아 개울을 건너보기로 했다. 하지만 개울의 양쪽에 걸쳐 있는 줄을 붙잡고 불안하게 건너가던 두 사람은 폭이 이십 미터쯤 되고, 물이 가슴 정도까지 올라오는 개울을 반쯤 건너다가 돌아올 수밖에 없었다. 생각보다 물이 너무 찼고, 바닥은 너무 미끄러웠고, 물살은 너무 셌다.

온몸이 젖은 채로 기운이 빠져 있는 두 사람을 보는 것만으로도 마음이 안 좋았는데, 설상가상으로, '뗏목'을 조종하는 리모컨도 말을 안 듣기 시작했다. 물살에 휩쓸린 뗏목이 카메라를 매단 채 개울 아래로 떠내려가기 시작했다. 우리는 물에 들어가지도 못하고—함부로 들어갈 수 없는 곳임을 조금 전에 확인했던 터라—개울을 따라 함께 달렸다. 개울 아래쪽은 사람이 살지 않는 원시림이다. 어딘가에 뗏목이 걸리더라도, 그 자리에 사람이 들어갈 수 있을지 알 수 없는 일이었지만, 그래도 가만히 앉아 있을 수는 없어서, 그냥 길이 나지 않은 개울가를 따라 풀들을 헤치며 함께 내려가보는 수밖에 없었다. 한 이백 미터쯤 그렇게 내려갔을까, 뗏목이 강 위로 쓰러져 있던 나무둥치에 걸렸다. 페트병을 이어 만든 뗏목은 그렇다 치고, 카메라라도 건져 와야 했다. 셋이서 나란히 옆으로 서서 손을 꼭 잡고, 맨 뒤의 사람이 두 사람을 지나 앞으로 나아가고, 또 맨 뒤의 사람이 둘을 지나 앞으로 나아가는 식으로 천천히, 죽어서 쓰러진 나무에 위태롭게 걸려 있는 카메라를 향해 다가갔다. 그사이에 뗏목이 다시 떠내려가버리면 낭패라는 생각에 마음이 급했지만, 물살이 세고 바닥이 미끄러운 개울에서 빨리 움직이는 건 불가능했다. 늘 몸은 그렇게 마음을 따라가지 못한다. 혹은, 환경이 그것을 허락하지 않는다.

결국 카메라를 꺼내 올 수는 있었지만, 당연히 작동은 되지 않았다. 그래도 잃어버리는 것보다는 낫다고 생각하며 기운이 빠져버린 스태프들을 데리고 그날은 일찍 숙소로 돌아갔다. 맛있는 저녁도 먹었다. 밖에서 찍은 그림으로 어떻게든 편집은 될 것 같으니 마음 쓰지 말라고 촬영감독을 위로하고 자리에 누웠지만, 마음이 좋을 리가 없었다. 망치지 않았다고 해서 실패하지 않은 것은 아니다. 나는 오리너구리를 찍는 데 실패했다. 결과에 큰 영향을 미치지 않고, 오리너구리 부분이 없다고 해서 프로그램 전체가 나오지 않는 것도 아니었지만, 오리너구리 그림이 생생하게 있었더라면 더 좋은 프로그램이 되었을 거라는 점도 사실이다. 아무리 작은 실패라고 해도 실패는 실패다. 개울을 건너갈 수 있었더라면 더 좋은 영상을 찍을 수 있었을 거라 확신할 수는 없지만, 개울을 건너지 못했던 입장에서는 미련이 남을 수밖에 없다. 때론 개울 하나를 건너는 것도 만만치 않을 때가 있다. 경계란 그런 것이다. 그런 생각으로 뒤척이며 겨우 잠이 들었던 것 같다.

다음날은 태즈메이니아 촬영의 마지막날이었고, 헬기 촬영이 예정되어 있었다. 호바트에서 출발해 태즈메이니아의 해안을 따라 이동한 다음 하늘에서 원시림을 찍을 계획이었다. 헬기 촬영은 처음이었다. 하늘 위는 춥다고 해서 현지 코디네이터에게 오리털 파카까지 빌려 입고 단단히 준비를 했지만, 막상 헬기를 보니 덜컥 겁이 나기도 했다. 직접 본 헬기는 생각했던 것보다 훨씬 허술해 보였다. 조종석 앞과 바닥의 유리는 생각보다 얇아 보였고, 게다가 촬영을 하려면 양쪽 문짝을 뜯어내고 찍어야 하니 일단 올라간 다음에는 바람을 고스란히 맞아야 한다. 허공과 나 사이에 유리창 하나밖에 없고, 미끄러지면 그대로 바다, 혹은 사람이 살지 않는 원시림으로 떨어지는 것이다. 멍하니 서 있는 나를 보고 촬영감독이 말했다.

"나는 애 셋 다 키워놨으니까 괜찮아. 보험 들었지?"

그러더니, 뒷좌석에서 양쪽으로 오가며 카메라를 내밀고(그래서 문짝을 뜯어야 한다) 찍어야 하니, 카메라와 자기를 좌석에 묶어달라 했다. 그렇게 안전벨트를 풀어서 좌석에 단단히 자기 몸을 묶고 있는 촬영감독을 보며 내가 말했다.

"저도 뭐, 별 미련은 없는 것 같네요. 같이 가시죠."

하늘 위는 처음 경험하는 곳, 말하자면 '경계' 바깥이었다. 비행기와는 또다른 경험인 것이, 유리창 한 장을 사이에 두고 앞뒤 좌우로 펼쳐진 하늘, 그리고 문짝을 뜯어내서 뺑 뚫려버린 틈으로 불어 들어오는 바람, 너무나 가까이서 들리는 엔진 소리는 내가 완전히 다른 세상에 들어와 있음을 실감하게 했다. 그리고 무엇보다도 멀미가 심했다. 촬영을 위해 갑자기 방향을 틀거나 급히 상승하거나 갑자기 하강하기도 하고, 해변을 따라 비행할 때는 헬리콥터 자체가 삼십 도 정도 기울어진 상태로 몇 분을 날아가기도 했다. 내가 앉았던 조수석 수납공간에 위생 봉투가 놓여 있는 이유를 알 것 같았다. 참을 수 있을 때까지 참으려 애를 쓰는데, 대단히 능숙한 조종 솜씨를 보여주었던 파일럿이 괜찮냐고 물었다. 습관적으로 괜찮다고 대답했지만 괜찮지 않았다. 결국 위생 봉투를 한 손에 쥐고 조마조마하게 앉아 있는데, 뒤에서 촬영감독이 불렀다. 내가 들고 탄 모니터를 보라는 이야기였다. 그러니까 촬영감독이 찍고 있는 영상은 실시간으로 내가 보고 있는 모니터에 나오는 상황, 감독은 자기가 찍고 있는 그림이 원하던 게 맞느냐고, 괜찮은 것 같냐고 물었다. 좋다고 이야기해주려고 고개를 돌리는데, 촬영감독은 얼굴에 콧물과 눈물이 범벅이다. 오리털 파카를 입어도 덜덜 떨리는 추위였는데, 양쪽에서 불어오는 바람을 고스란히 맞고 있으니 그 지경이 되는 게 당연했다. 그 얼굴을 보고 앞자리에서 구토를 할 수는 없는 일이었다. 나는 속에서 올라오는 불편한 기운을 기를 쓰고 눌렀다. 위태로운 순간을 넘기고 나니 하늘 위의 상황에 몸이 적응하는 것 같았고, 착륙할 때까지 위생 봉투를 사용할 일은 없었다.

한 시간의 비행을 마치고 헬기에서 내린 촬영감독이 말했다.

"아까 그 바위에서 흘러내리는 폭포 봤지?"

태즈메이니아에는 아직 사람의 발길이 닿지 않은 원시림이 있다. 굳이 거기까지 개발할 이유가 없었기 때문에 그대로 두고 있는 숲이다. 그 원시림 위를 헬기로 지나는 동안, 숲 사이로 솟은 산의 바위를 타고 한줄기 폭포가 흘러내리고 있었다. 사람도, 사람들의 도시도 보이지 않고, 온통 녹색뿐인 숲 한가운데서 하얀 물줄기만 세차게 떨어지고 있었다. 사람들의 관심 따위는 필요 없다는 듯, 도도한 물줄기였다.

"좋던데요."

"그냥 들이받고 싶더라."

그건 무슨 말이었을까? 일상의 경계 바깥으로 나간 촬영감독은 다시 이쪽 세상으로 돌아오고 싶지 않았던 걸까? 속사정까지는 모르지만, 그게 헬기에 오르기 전에 내가 했던 '저도 뭐, 별 미련은 없는 것 같네요'라는 말과 같은 맥락이었다는 건 알겠다. 아마도 피곤했을 것이다. 차가운 개울물에 옷을 버리고 카메라까지 잃어버릴 뻔했던 게 바로 전날이었다. 그런 일이 없었더라도, 삼 주가 넘었던 호주 촬영의 사실상 마지막날이었으니, 모두 지쳐 있는 게 당연했다. 하지만 어떻게 보면 그건 어떤 경계 앞에서 늘 떠오르는 생각이기도 했을 것이다.

경계는 언제쯤 넓어지기를 멈추는 걸까? 나이가 들면서 알게 된 것이 있다면 새로운 세상이 늘 닥친다는 사실이었다. 경계는 그렇게 끊임없이 확장된다. 이젠 알겠다 싶은 생각이 드는 때가 있다. 그래서 이젠 모든 일을 나에게 '설명'할 수 있겠다, 싶은 안도감이 생기지만 그럴 때마다 어김없이 예상치 못했던 일들이 생겨났고, 그러고 나면 기존에 익숙했던 규칙은 어김없이 깨지고, 간신히 찾은 것 같았던 균형 잡힌 상태도 기울곤 했다. 그리고 새로운 규칙을 찾고―'규칙 같은 건 없다'라는 것도 말하자면 하나의 규칙일 테니―다시 균형을 잡아보려 애를 썼다. 그 과정은 대부분 피곤했다. 이전의 경계에 포함되어 있지 않았던 새로운 세상으로 넘어가는 경계는 바닥이 미끄럽거나, 물살이 세거나, 현기증을 불러일으켰다. 내 경계 밖의 세상은 직접 경험해보기 전까지는, 그러니까 멀리서 바라보거나 이야기를 통해서 들을 때는 종종 근사하고 아름답기도 했지만, 몸으로 직접 겪을 때에는 꼭 그렇지만은 않았다. 인간의 발길이 닿지 않은 곳에서 도도하게 흘러내리는 폭포를 그대로 들이받고 싶었다는 촬영감독의 말은, 아마도 어느 정도는 더이상 경계를 넓히고 싶지 않은, 이젠 그만 애쓰고 싶은 마음이었을 것이다. 포기가 선물이 되기도 한다는 건 분명 맞는 말이다.

헬기 촬영까지 마치고 호바트 숙소로 돌아가기 전에 해변 근처에 차를 세우고 잠시 쉬었다. 차를 마시고, 꽤 오래 모래사장에 서서 바다를 바라보았다. 그 바다 너머는 남극이라 했다. 출장이 끝났고, 마침 거기는 사람들이 사는 '세계'가 끝나는 곳이기도 했다. 바다 건너는 다른 세상이었다. 여기가 끝이구나, 라는 생각만으로도 한참을 머물게 하는 바다…… 카를로스 카사스 감독의 〈세상 끝에서의 고독〉이라 는 다큐멘터리가 있다. 배경은 태즈메이니아가 아니라 남미 대륙의 끝 자락인 파타고니아였다. 그러니까 그날 내가 서 있던 해변에서 남쪽으 로 가지 않고 동쪽으로 가면 나오는, 또다른 '세상의 끝'인 셈이다. 그 쪽 세상 끝의 해변에 제재소가 하나 있다. 〈세상 끝에서의 고독〉은 외 부와의 연결이 거의 단절된 외딴 제재소에서 일하는 세 명의 벌목공 이야기다. 그중 맨 마지막 남자는, 도시에서 온갖 일을 다 해봤지만, 어 느 날 어머니를 모시고 역으로 가서 가장 먼저 들어오는 기차를 타고 무작정 떠나서 도착한 곳이 파타고니아였다고 했다. 이후로는 바닷가 의 오두막을 떠나지 않았고, 그사이 어머니는 돌아가셨다. 그 남자가 말한다.

"바다는 아무것도 약속하지 않지만, 있는 그대로 나를 붙잡는다."

다시 생각해보니 '그냥 들이받고 싶더라'라는 촬영감독의 말이나, '저도 뭐, 별 미련은 없는 것 같네요'라는 나의 말은 이젠 약속을 믿지 않고 싶은 마음의 표현이었을지도 모르겠다. 그렇다면 나는 태즈메이 니아의 해변에 서서 '약속을 믿지 않고 살아갈 수 있을까?'라는 고민 을 했던 모양이다. 약속은 하나의 세계를 긍정하는 최종적인 매듭이 다. 약속을 지킨다는 건 그 약속을 바라며 살아온 세상의 완성이고, 그건 꽤나 뿌듯한 경험일 것이다. 하지만 때론 약속은 너무 성급했고, 그 약속을 다짐했던 세상은 너무 자주 깨지곤 했으며, 그러고 나면 경

건너오다

계 너머의 새로운 세상에서 과거의 약속만큼 부질없는 것도 없었다. 경계에서 어쩔 수 없는 서운함을 느끼는 건 그렇게 약속이 깨어질 때의 서운함과 다르지 않았다. 하지만 나는 그 바다에서, 어쩌면 '약속하지 않지만 나를 붙잡는' 어떤 기운을 어렴풋이나마 느꼈던 것인지도 모른다. 그건 무엇이었을까? 약속 같은 것을 기대하지 않고서도 해야만 하는 일들을 하는 것, 이 아닐까? 이를테면 강 위에 쓰러져 있던 나무둥치에 걸린 카메라를 건지러 다가갈 때 서로 미끄러지지 않게 꼭 쥔 손을 놓지 않는 일 같은 것, 물에 빠져서 온몸이 젖어버리고 기운이 빠진 상태에서는 일찍 일을 접고 맛있는 저녁을 함께 먹는 일 같은 것, 헬기 멀미 때문에 점심 먹은 것을 다 토해버릴 것 같았지만 그럼에도 눈물 콧물을 닦을 생각도 못하고 어떻게든 좋은 영상을 찍으려 애쓰는 촬영감독 앞에서 나의 불편함을 견디는 일 같은 것…… 그렇게 당장 해야 할 것들, 혹은 하지 않으면 부끄러운 일들만 하는 것으로 충분할까? 약속에 대한 기대 없이 지낼 수 있는 걸까? 모르겠다. 다만 약속을 얻지 못했다는 것, 답을 모른다는 것이 당장 해야 할 것들을 하지 않을 핑계가 될 수 없다고는 말할 수 있다. 삶이란, 그런 순간들만 끊임없이 이어지는 것인지도 모르겠다. 경계는 끊임없이 넓어질 것이고, 매번 그 경계를 넘는 일이 쉽지는 않을 테다. 경계의 물살이 너무 세서 카메라를 잃어버릴 수도 있고, 처음 겪어보는 그 세상의 기류가 어지러워 구토가 나올 수도 있다. 경계 너머에 있는 것이 무엇인지 모르지만, 그래서 두렵기도 하고 매우 자주 지치기도 하지만, 경계를 넘어가는 동안의 현기증을 견디는 수밖에 없다. 고맙게도 함께 건너는 누군가가 있다면 그의 손을 꼭 쥔 채 그렇게……

위대하지 않은 자전거 여행

아무리 기다려도 니스 공항의 수하물 찾는 곳에서 내 짐은 나오지 않았다. 같은 비행기에서 내렸던 사람들이 모두 자기 짐을 찾아서 떠나고, 컨베이어 벨트가 텅 빌 때쯤 공항 직원으로 보이는 사람이 다가와서 내 이름을 확인하고는 짐이 파리 공항에서 엉뚱한 곳으로 가버렸다고 알려주었다. 그 사람을 따라서 어떤 사무실에 들어갔더니 수하물 분실과 관련한 서류에 서명을 하라고 했다. 내 가방의 색깔과 크기, 생김새를 적고 나서 서명을 하니, 짐을 하루이틀 후에 숙소로 보내주겠다는 말과 함께 그때까지 버티라며 수하물 분실자용 '키트'를 줬다. 키트 안에는 면으로 된 티셔츠 한 장과 간단한 세면도구가 들어 있었다. 기내에 들고 탔던 백팩 하나만 달랑 메고 밤의 니스 공항을 나와 택시를 타고 숙소로 왔다. 두번째 찾은 코트다쥐르는 처음부터 친절하지 않았다.

칸 국제방송프로그램시장MIPTV은 두번째였다. 공식 일정이 시작되고 나면 미팅을 하루에 다섯 개에서 많게는 열 개까지 쉬지 않고 해야 하기 때문에 회사에서 컨디션 조절을 하라고 개막 이틀 전에 보내준 출장이었다. 그런데 짐이 없으니 갈아입을 옷도 없었다. 에어프랑스에서 준 키트에 든 티셔츠는 내가 입기에 너무 컸다. 이런 티셔츠는 어떤 사이즈의 몸을 기준으로 삼아 제작되는 걸까? 작은 사람은 큰 옷을 임시로 걸칠 수 있지만, 큰 사람이 작은 옷을 입을 수는 없기 때문에 일단은 이렇게 크게 만들어놓는 걸까? 아무튼 우선 샤워부터 하고, 한 벌밖에 없는 옷을 다시 챙겨 입고 저녁을 먹으러 밖으로 나갔다. 숙소 근처의 베트남 식당에 갈 생각이었다. 일 년 전에 먹었던 쌀국수가 먹고 싶었다. 젊은 동양인(아마도 베트남 출신) 아내와 나이든 백인 남편이 운영하는 식당에 혼자 앉아서 따뜻한 쌀국수를 먹으며, 다음날 뭘 할 수 있을지 생각했다. 그런 빈 시간엔 역시 자전거였다. 목적지는? 앙티브. 모나코에서 시작해 니스를 거쳐 칸으로 이어지는 리비에라 해안에는 어디를 가든 눈부신 지중해가 펼쳐지지만, 그 마을들 중 한 군데를 가야 한다면 앙티브여야 했다. 왜냐고? 피츠제럴드가 거기서 글을 썼으니까.

무라카미 하루키가 좋아하는 책이라는 사실을 알고 나서든, 리어나도 디캐프리오의 영화를 보고 나서든, 혹은 이 둘을 전혀 모르는 사람이라고 하더라도 누구나 한 번쯤 『위대한 개츠비』F. 스콧 피츠제럴드, 김석희 옮김, 열림원, 2013를 뒤적이게 된다. 그리고 그들 중 어떤 이는 이 책을 읽기 전과 읽은 후에 세상을 다르게 보게 된다. 아니, 보이는 세상은 그대로지만 자신이 그 세상을 겪으며 느꼈던 어떤 감정들을 스스로에게 '설명'할 수 있게 된다. 『위대한 개츠비』는 어떤 이에게는 자신이 속할 수 없는 세상을 설명하는 문장들을 보여주는, 그런 책이다. 이를테면 "지금까지 자신의 적응력을 쏟아부어 어느 정도 익숙해진 사물을 새로운 눈으로 다시 바라보는 것은 언제나 서글픈 일이다" 같은 문장들……

처음 『위대한 개츠비』를 읽어보려고 했던 건 아마도 대학생 때였을 것이다. 나는 책을 끝까지 읽지 못했다. 지루했으니까. 이십대 후반, 대학원에 다닐 무렵인지 육 개월 만에 그만둔 첫 직장을 다니던 무렵인지 정확지 않지만, 아무튼 그때쯤 두번째로 읽었다. 많은 문장에 밑줄을 그었다. 그때는 개츠비의 실패가 나의 실패인 줄만 알았으니까. "단하나의 꿈을 품고 너무 오랫동안 사느라 값비싼 대가를 치렀다고 느꼈음에 틀림없다" 같은 문장도 내 이야기인 줄만 알았다. 대학을 졸업하고 경험한 세상은 내가 '익숙해졌다고' 생각했던 세상이 아니었다. 그리고 나는 그렇게 '익숙해진 사물을 새로운 눈으로 다시 바라보는' 서글픔에 빠져 있었다. 연애에 실패하고, 원하지 않는 직장에 다니고, 그 직장을 그만둔 후에는 또 몇 달 뒤의 생계를 걱정해야 했던 당시의 나는 그랬다. 그때는 내가 개츠비인 줄만 알았다. 그래서 아래와 같은 문장은 읽는 순간 그대로 내 안에 박혀버렸다.

"나는 그를 용서할 수도, 좋아할 수도 없었지만, 그의 입장에서는 그가 한 일이 전적으로 정당했다는 것을 알았다. 그것은 정말 태평스럽고 혼란스러웠다. 톰과 데이지, 그들은 무심하고 태평한 사람들이었다. 그들은 생명이 있는 것이든 없는 것이든 박살내놓고는, 돈이나 무신경, 또는 그들을 서로 묶어준 어떤 것 속으로 숨어버린 다음, 그들이 만들어낸 쓰레기는 다른 사람에게 치우게 했다."

이십대 후반의 나는 십대 때의 내가 되고 싶었던 모습이 아니었다. 그 모습이 될 수 없음은 분명히 밝혀진 것 같았다. 나는 내가 속하고 싶었던 어떤 세계에 속할 수 없었다. 그 좌절이 그 세계에 속한 사람들의 '무심함'에 대한 혐오가 되었을 것이다. 그 시기의 나는 그렇게 날이 서 있었다. 내가 그렇게 무심한 사람들에 의해 박살난 거라고 생각하지 않을 도리가 없었으니까. 그때의 나는 무언가를 좋아하는 힘이 아니라, 무언가를 싫어하는 에너지를 빌려 움직이고 있었다. 세상이 '그따위'였으므로, 나는 그 세상에서 해보고 싶은 것이 아무것도 없었다.

칸에 도착하고 둘째 날, 자전거를 타고 앙티브에 가보기로 했다. 짐이 안 왔다고 해서, 그래서 입을 옷이 한 벌밖에 없다고 해서 모처럼 생긴 하루를 그냥 보낼 수는 없는 노릇이었다. 호텔 조식까지 든든히

건너오다

챙겨 먹고 나섰다. 자전거부터 빌려야 했다. 칸 시내라면 자전거를 빌릴 수 있는 곳이 꽤 많았겠지만, 내가 묵은 숙소는 칸 시내에서 차로 이십 분 정도 떨어진 작은 동네였다. 숙소 근처의 여행 안내소에 들러 물어보니, 자전거 대여점은 없고 자전거를 파는 가게는 있다고 했다. 오십대로 보이는 친절한 안내원은 직접 자전거 가게에 전화를 걸어 혹시 빌려줄 자전거가 있는지 물어봐주었고, 적당한 자전거가 있다고 알려주었다. 정작 가게에 가보니 '적당한' 자전거는 내가 타기에는 적당하지가 않았다. 안장이 너무 높았다. 키가 크다고는 할 수 없는 내게는 너무 높은 자전거였다. 안장을 끝까지 내려도 두 발이 땅에 닿지 않았다. 그래도 그 자전거밖에 없었다.

나는 앙티브로 가는 길도 몰랐다. 니스에서 칸까지 택시로 사오십 분 걸리고, 앙티브는 그 중간에 있으니 대충 자전거를 타고 가면 쉬엄쉬엄 가도 반나절이면 갈 수 있을 것 같았다. 그리고 칸과 앙티브 사이엔 해변도로가 당연히 있을 테니, 그저 그 도로를 따라 풍경만 보며 쉬엄쉬엄 달리면 될 것 같았다. 그렇게 간단한 일이었다. 먼저 칸에 들러 작년에 먹었던 '안초비 피자'로 간단히 점심을 먹었다. 손가락 길이 정도 되는 안초비를 토핑으로 얹은 그 피자는, 말하자면 칸에 왔다는 걸 실감하기 위한 음식이었다. 종업원이 정식 영수증 대신 테이블보로 쓰는 종이 위에 슥슥 적는 계산서가 마치 칸에 온 게 맞다는 도장처럼 보였다. 그렇게 점심을 먹고 다시 불안한 자전거를 타고 출발했다. 해변을 따라서 그냥 달렸다. 날씨가 흐리고 가끔씩 보슬비가 내리기도 했지만 그런 건 중요하지 않았다. 오른쪽에 해변을 두고, 왼쪽엔 중간 중간 마을들이 나타났다. 그런 마을에선 잠시 담배를 피우며 쉬기도 했다. 급할 것도 없었다. 쉬엄쉬엄 달리다보면 곧 앙티브가, 『위대한 개츠비』를 쓴 피츠제럴드가 좋아하고, 거기서 글을 썼던 그 도시가 나올 것이었다.

이 글을 쓰느라 다시 『위대한 개츠비』를 읽으며 새로 안 사실이 하나 있다. 나는 '개츠비'라는 캐릭터만 생각했지 그가 왜 '위대한'지는 모르고 있었다는 것이다. 소설의 제목에까지 들어간 그 단어를 나는 한 번도 심각하게 생각해보지 않았다. 그는 왜 위대했는가? 그가 '위대한' 이유를 아는 건 내가 '위대하지 않다'는 깨달음과 함께 찾아왔다. 개츠비의 부탁을 받은 베이커가 닉에게 그 부탁을 전하는 장면, 베이커도 있는데 왜 굳이 자기집으로 데이지를 초대해야 하는 거냐고 묻는 닉에게 베이커가 이렇게 대답한다.

"그 사람은 데이지에게 자기집을 보여주고 싶어해요. 그런데 당신 집이 바로 옆집이잖아요."

'위대함'이라는 말에 어울리는 건 그런 마음이다. 한 여인에게 자신이 이룬 것을 보여주겠다는 일념으로 오 년을 지낼 수 있는 마음. 나는 그런 '하나의 마음'과는 거리가 먼 삶을 살아왔다. 찾으려고만 하면 주변에 널린 것이 핑계였다. 그런 핑계에 의지해, 그리고 내게 없는 것은 왜 내게 없는 것이냐고 불평하며, 부정적 에너지에 의지해 꽤 오래 지냈다. 어쩌면 아직도 그런 마음이 내 안에서 더 큰 힘을 지니고 있을지도 모른다. 개츠비가 위대했던 건 '찾으려고만 하면 널려 있는' 핑계를 찾지 않았기 때문이다. 결국은 그가 실패했기 때문에 그의 위대함 역시 부질없는 것 아니었냐고 누군가 물을 수도 있겠다. 나의 대답은, '위대함'은 결과와 아무 관련이 없는 자질이라는 것이다. 정말 무언가를 간절히 바라는 이는 그 바람이 이루어질 것이라는 확신도 필요로 하지 않는다. 간절히 바라면 이루어질 거라는 확신 때문에 무언가를 간절히 원하는 거라면, 그런 마음까지 위대하다고 할 수는 없지 않겠는가? 간절히 바라는 이가 위대한 이유는, 그가 그 간절함으로 자신이 바라던 것을 이루었기 때문이 아니라, 아무것도 고려하지 않고 그저 그것만을 생각했다는 바로 그 점 때문이다. 위대함은 어떤 핑계도 찾지 않을 정도로 무언가를 원하는 그 간절함, 그렇게 하나만을 바라볼 수 있는 절박함이다. 개츠비를 처음 완독했던 이십대 후반의 나, '그따위'인 세상에 화가 났던 나는, 화를 낼 줄만 알았지 무언가를 정말로 간절히 원해본 적은 없었던 것이다. 그때는 뭘 간절히 원해보지도 않았으면서, 그것들이 내 것이 아님을 알게 되었을 때, 혹은 잠시 내게 속한 것처럼 보이다가 다시 원래의 자리를 찾아갔을 때, 화를 낼 줄만 알았다. 그렇게 철이 없었다……

해변만 따라가면 나올 줄 알았던 앙티브는 두어 시간을 가도 나오지 않았다. 뭔가 잘못된 것 같다는 것을 알아차렸을 무렵, 나는 어느

새 해변이 아니라 왕복 6차선쯤 되는 자동차 전용 도로를 달리고 있었다. 옆으로 차들이 속력을 내며 달리고, 그중에는 꽤 덩치가 큰 트럭도 있었다. 원래 안장 높이 때문에 불안했던 자전거였는데, 옆으로 달리는 차들의 속도와 길을 잃었다는 당혹감 때문에 나의 자전거 여행은 더 위태위태해졌고, 결국 자동차 전용 도로에 올라온 지 십여 분 만에 브레이크를 밟다가 그대로 넘어지고 말았다. 넘어지면서 짚은 손바닥이 벗겨지고, 청바지 안의 무릎도 아마 멍이 들었을 것 같았다. 툴툴거리며 자전거 상태를 살피니 체인이 빠져버렸다. 그대로는 갈 수가 없으니 차들이 씽씽 달리는 도로 한쪽 구석에 쭈그리고 앉아 자전거의 체인을 맨손으로 다시 끼웠다. 몇 번 만에 체인을 끼우는 데는 성공했지만, 다시 자전거를 탈 수는 없었다. 터벅터벅 자전거를 끌고 우선 가장 가까운 상점으로 가서 콜라 한 캔을 마시며 어떻게 하면 좋을지 생각했다. 까진 흉터에서 흘러내린 피와 체인을 갈아끼울 때 묻은 기름이 뒤섞여서 손은 엉망진창이었다. 앙티브에 가려는 마음은 접고 기차를 타고 숙소가 있는 마을로 돌아가기로 했다. 콜라를 팔던 상점 주인에게 가장 가까운 역이 어디냐고 물어 그리로 갔다. 이번에도 자전거는 타지 않고 그냥 끌고 갔다. 역에 도착하고 보니 숙소가 있는 마을로 가는 기차가 있기는 한데, 내가 알고 있는 A역이 아니라 B역으로 가는 기차였다. 그래도 같은 마을이고 그리 크지 않은 마을이니 그 기차를 타는 수밖에 없었다. 함께 기차를 기다리던 십대 소년들이 담배가 있냐고 물었다. 그 아이들과 함께 담배를 피우다 기차를 탔다. 맞은편 자리에 앉은 청년이 내 손을 가리키며 괜찮냐고 물었다. 나는 자전거를 타다 넘어졌다고, 심각한 건 아니라고 대답했다. 어디까지 가냐고 물어본 청년은 내 대답을 듣고는 자기도 거기까지 간다고 했다. 나이는 이십대로 보이는데, 몸은 퉁퉁한, 아마도 몸을 쓰는 일을 하고 대도시에는 나가본 적이 없을 것 같은 인상의 청년이었다. 함께 내린 다음엔 내 자전거를 대신 끌어주며 처음 자전거를 빌렸던 가게까지 데려다주었다. 지리를 모르는 내가 혼자서는 꽤 헤맸을 걸 생각하면 다행스러운 일이었다. 청년은 욕실 바닥에 타일을 까는 일을 하고 있다고 했다. 우리집은 서울이니까 우리집 욕실까지 깔아줄 수는 없겠지만, 기회가 되면 한국도 꼭 한번 가보고 싶다고 했다. 명함이 있었으면 한 장 줬을 테지만, 나의 명함은 아직 오지 않은 트렁크에 있었다. 자전거 가게 앞에서 청년과 헤어지고 자전거를 반납한 뒤 일찍 숙소로 돌아왔다. 그제야 내 몸이 시차를 실감했는지 심하게 졸렸다. 샤워를 하고 늦은 오후에 아주 오랫동안 잠을 잤다.

간절히 원하면 온 우주가 도와준다는 말을 나는 믿지 않는다. 온 우주가 내어주는 건 내가 타기에는 안장이 너무 높은 자전거 같은 것들뿐이다. 뿐만 아니라, 가끔 세상은 내 수하물을 다른 곳으로 보내버리는 성의 없는 항공사처럼 내가 가지고 있던 것들을 앗아가기도 한다. 하지만, 내가 프랑스의 자동차 전용 도로에서 넘어졌던 건, 그래서 손에 피와 자전거 체인의 기름을 묻히고 불쌍한 몰골로 숙소로 돌아와

야 했던 건, 또 『위대한 개츠비』의 작가 피츠제럴드가 그렇게 좋아했던 앙티브에 갈 수 없었던 건 에어프랑스의 잘못도 아니고, 자전거의 안장 탓도 아니다. 그건 내가 앙티브에 가는 일을 그만큼 간절히 원하지 않았기 때문이다. 정말 앙티브에 가고 싶었더라면, 무슨 일이 있었어도 거기에 갔을 것이다. 이 단순한 이유를 깨닫기까지, 아니 인정하기까지 오래 걸렸다. 그건 내가 개츠비의 '위대함'과는 거리가 먼 인간임을 받아들이는 것이었으니까.

대부분의 사람들은 삶의 어느 시기엔가 자신이 위대하지도 근사하지도 않음을 깨닫게 된다. 그게 꼭 본인의 잘못 때문만은 아니기에 그 깨달음은 종종 받아들이기 어렵다. 때론 수하물이 도착하지 않아 백팩 하나와 시시한 여행자 키트로 며칠을 버텨야 할 수도 있고, 내가 구할 수 있는 자전거의 안장이 너무 높을 수도 있다. 그래도 어쩔 수 없다. 그걸 가지고 그'다음'을 살아야 한다.

이제 나는 톰과 데이지 같은, 자신들을 보호해주는 테두리 안에서 태평한 사람들을 혐오하는 마음에서 에너지를 얻지 않는다. 물론 그런 사람들과 친구가 될 수는 없다는 생각에는 변함이 없다. 애초에 나의 마음과 상관없이 그런 일은 불가능할 것이다. 달라진 것은 그들의 '세련됨'을 부러워하지 않게 되었다는 것, 그들과 친구가 되고 싶은 마음에 시달리지 않게 되었다는 것이다. 무엇보다도 그런 사람들은 '재미없는' 사람들임을 알게 되었으니까.

다시 읽은 『위대한 개츠비』에서 가장 위로가 되었던 문장은, 이제는 개츠비보다 그쪽이 나와 더 비슷한 것 같다고 느끼게 된 닉 캐러웨이의 이 말이다.

"사람은 누구나 기본적인 덕목 가운데 한 가지는 갖추고 있다고 믿는다. 나의 경우 그것은 정직이다."

계속 움직이는 순간

비어 있는 시간들

2011년 5월에 미국 출장을 다녀왔다. LA로 입국해서 차로 애리조나 주의 피닉스, 피닉스에서 비행기로 캔자스 주의 로렌스, 다시 차로 일리노이 주의 시카고와 미시건 주의 앤아버, 뉴욕까지 이동했다. 뉴욕에 숙소를 잡은 후에는 워싱턴 D.C.와 뉴헤이븐을 오르내리며 촬영했고, 비행기를 타고 몬태나 주의 미줄라에 들러 마지막 촬영을 한 다음, 다시 비행기를 타고 LA로 돌아왔다가 귀국했다. 귀국하는 길에 예정에 없던 하와이에도 들러야 했다.

그렇게 미국을 동서로 두 번 가로질렀다. 한 도시에서 이틀 정도 머무르며 촬영하고, 짐 싸고, 비행기나 차로 이동하고, 짐 풀고, 촬영하고, 짐 싸고, 또 이동하는 일정이었다.

또래의 유학생 부부와 바비큐

캔자스시티 공항에 우리를 마중 나온 유학생은 내 또래였다. 부부가 함께 KU에서 공부를 하고 있고, 아이까지 있다고 했다. "공부밖에 할 게 없는 곳이에요"라는 말과 함께 우리를 데리고 간 호텔은 시내 한복판에 있는, 1925년에 지었다는 유서 깊은 호텔이었다. 이유인즉슨, 학회 참석차 온 교수님들 외의 손님을 처음 맞아본 유학생 부부가, 교수님들이 주로 묵는 '근사한' 호텔로 잡아놓은 것이었다. 로렌스에서 사흘을 자야 하는데 뭔가 너무 고급스러웠다. 짐을 풀고 나서 촬영감독이 유학생에게 전화를 해서는, 이런 호텔 말고 그냥 체인으로 운영되는 '인inn' 같은 곳으로 옮기고 싶다고 했다. 아낀 돈으로 맛있는 거나 같이 먹자고. 예약을 취소하고 다른 곳에 방을 잡는 게 번거로울 것 같았는데, 또 흔쾌히 그렇게 해주겠다고 했다. 다정하지 않지만 까다롭지도 않은 사람은 그래서 좋다. 본격적인 촬영 하루 전날, 또래의 유학생 부부와 아직 학교에 들어가지 않은 그 집 아이, 그리고 제작진은 조용한 대학 도시에서 함께 바비큐를 먹으며 이런저런 이야기를 했다. 아내 유학생의 아버지가 딸을 유학 보내기 전에 '안심하고 공부만 시킬 수 있는 곳'이 어디냐고 친구인 대학교수들에게 물어봤더니 추천해준 곳이 로렌스였다는 것. 그래서 정말로 부모님 걱정 안 시키고 공부만 했고, 같은 학교에 와 있던 초등학교 때 친구와 결혼해서 자리를 잡았다는 이야기를 하는 동안, 그녀의 초등학교 동창이자 이제는 남편이 된 남편 유학생은 긍정도 부정도 하지 않고, 숯을 부어서 불을 피우고, 고기를 굽고, "한국식으로 드시는 게 좋겠지요?"라고 말하며 쌈장을 준비했다. 부부의 아이는 미끄럼틀을 타면서 즐거워했고, 나는 영어 반 한국어 반으로 이야기하는 그 아이 사진을 찍어주고, 촬영감독은 계속 '유학 정보'에 귀를 기울였다.

평화로운 저녁이었다.

KU 잔디밭과 망가져버린 글라이더

KU에서 '비행 역학'을 연구하는 연구원을 취재했다. 거창하게 말하자면 그렇고, 이 교수가 하는 일은 매일 서로 다른 종류의 모형 비행기, 즉 '글라이더'를 만들어서 실험하는 일이다.

글라이더라면 초등학교에 다닐 때 나도 열심히 만들었던 물건─장난감이다. 반나절 정도 열심히 대나무를 구부리고, 얇은 종이를 날개 뼈대 위에 조심스럽게 붙여서 날리면 어떨 때는 일 분 이상 하늘을 날기도 했던 그 글라이더를 보며 참 기분이 좋고 그랬다. 그 나이엔 모든 작은 성공이 그렇게 뿌듯했다. 작은 글라이더 하나를 날렸던 일이 어떤 노력에 대한 보답도 아니고, 그렇게 성공했다고 해서 앞으로 뭐가 될 거라는 약속도 없이, 그저 그렇게 반나절 애써 만든 물건이 하늘을 근사하게 나는 걸 보고 있는 그 순간 자체로 족했다. 그거면 되는 그런 순간, 잃어버린 기분이라고나 할까……

그런데 이 할아버지 연구원은 몇십 년을 그 일만 하고 있었다. 그러고 보니 이 할아버지는 학생들을 가르치는 교수라기보다는, 첫날 인터뷰했던 고생물학 교수를 도와주는 '기술자'의 느낌이 강했다. 말도 어눌하고, 우리 제작진을 대하는 것도 교수처럼 익숙하지 않았다. 어쨌든 전날 화석으로 살펴본 최초의 깃털공룡 미크로랍토르의 날개와 가장 비슷한 구조의 글라이더 모형을 이 할아버지가 만들어서 직접 날려보는 모습을 찍기로 했다. 그날따라 모형은 제대로 날지를 못했다. 일 분은 고사하고 십 초라도 '우아하게' 날아줘야 나중에 영상에 써먹을 텐데, 던지는 족족 잔디밭에 처박혔다. 일억 이천만 년 전의 미크로랍토르가 그렇게 나무와 나무 사이를 움직였다면, 아마 다른 나무에 닿기는커녕, 나무 밑에서 기다리고 있던 덩치 큰 공룡에게 잡아먹히기 딱 좋았을 것 같다. 몇 번을 떨어지기만 하던 글라이더는 결국 망가져버렸다. 멋지게 시범을 보이려던 시도가 실패했으면 무안할 것 같기도 한데, 이 할아버지는 그런 표정 하나 없이, 이젠 망가져서 날려보지도 못하게 됐다고, 다시 들어가서 망가진 부분을 손봐야 한다고 했다. 언제 다시 날려볼 수 있겠다는 말도 없었다. 아마 우리가 머무르는 동안 다시 비행 실험을 해볼 수는 없을 것 같았다.

글라이더가 자꾸만 처박히던 잔디밭 녹색이 한없이 싱싱하고, 햇빛은 참 쨍하기도 했던 날이었다. 글라이더를 따라 카메라를 들고 이리저리 잔디밭을 쫓아다니던 우리의 모습은 어찌 보면 꽤 어색하고 우스꽝스럽기도 했겠지만, 그 모든 것이 참 편안했던, 그리고 바람이지만, 자연스럽기도 했던 오후였다.

더스티 북셸프의 고양이와
캔자스 주에만 있는 햄버거

근사하게 나는 글라이더를 찍지는 못했지만 나머지 촬영은 무난했다. 촬영을 마치던 날 오후 비행기 시간이 될 때까지 잠깐 다운타운 구경을 했다. 날씨도 좋았다. 레스토랑과 카페와 대학생들이 살 만한 옷가지들을 파는 상점들이 늘어선 큰 도로에 있는 카페 이름은 '사인스 오브 라이프Signs of Life'였고, 서점 이름은 '더스티 북셸프Dusty Bookshelf'였다. 커피를 마시며 '인생의 신호'를 기다려볼까, 서점에 들어가서 '책장 먼지'를 만져볼까 고민하다 역시 서점부터 들렀다. 책장에 먼지가 쌓여 있는지는 모르겠으나 바닥에는 카펫이 깔려 있었고, 곳곳에 책을 읽을 수 있는 편안한 의자가 놓여 있었다. 의자에 앉아 책은 보지 않고 아픈 다리를 쉬고 있는데, 서점에서 키우는 고양이가

건너오다

다가왔다. "너는 고양이냐, 개냐?"라고 물어보고 싶을 정도로 알은척을 하고 애교를 부리는 고양이…… 그렇게 볕이 잘 드는 서점의 의자에 앉아 고양이랑 놀다가 점심을 먹으러 갔다. 아내 유학생이, "그래도 캔자스에 오셨으니 캔자스에서만 먹을 수 있는 걸 드셔야지요" 하면서 데리고 간 곳은 캔자스 주에만 있다는 햄버거 체인점이었다. 햄버거는 맛있었고, 다 먹고 나와 피우는 담배도 맛있었다. 그렇게 앉아서 생각했다…… '인생의 휴가'를 떠나면 이런 기분일까……

일억 이천만 년 전에 '미크로랍토르'라는 깃털 난 공룡은 나뭇가지 사이를 '날아다니기' 시작했고, 그 후손은 새가 되어 대부분의 시간을 하늘에서 보내게 된다. 십오 년쯤 전에 유학을 결심한 내 또래의 부부는 이제 캔자스를 '우리집'이라고 부른다. 또 그 캔자스에는 언제부터인지 모르지만, 매일 모형 비행기만 만들어 날리며 지내는, 말이 어눌한 할아버지가 한 명 있고, 다운타운의 서점 '먼지 낀 책장'에는 사람을 보면 다가와 애교를 부리는 고양이도 있다. 그 고양이까지 포함해서, 그들은 언제부터 그 낯선 곳과 낯선 일이 자신이 있을 곳이며 자신이 할 일이라고 생각하게 되었을까?

신호등은 잘못이 없다

미국이 배경인 영화를 볼 때마다 궁금한 것이 있었다. 기둥 같은 것에 붙어 있지 않고, 네거리 한복판에 와이어에 매달린 신호등이 나올 때마다 '저건 바람이 불면 흔들리지 않을까?' 싶었다. 앤아버의 네거리에 딱 그런 신호등이 있었다. 신호를 기다리면서부터 유심히 봤지만, 어떻게 매달아놓았는지 전혀 흔들림이 없었다. 흔들리지 않는 것이 당연하지만, '어찌 흔들리지 않을까?' 하는 마음이 그걸 직접 보고 나서도 사라지지는 않는다. 그런 것이었다. 가야 할 길을 알려주는 신호는, 나를 당기는 힘은 흔들리지 않는다. 흔들리는 것이 있다면 그 신호들이 '흔들리는 것일지도 모른다'라고 생각하는 내 마음이었다. 신호등은 잘못이 없다.

열두 시간 동안 똑같은 풍경일 거예요

앤아버에서 뉴욕까지 이동하던 날, 현지 코디가 비행기로 갈지 차로 갈지 물었다. 차로 가면 열두 시간 이상 달려야 한다고 했다.

"풍경도 볼 겸 차로 가지요."

"열두 시간 동안 똑같은 풍경일 거예요."

열두 시간 동안 정말 똑같은 풍경이었다. 옥수수밭 아니면 콩밭…… 똑같은 풍경이 똑같은 속도로 지나가는 드라이브는 편안했다. 촬영은 무난하게 진행중이었고, 남은 촬영도 그렇게만 진행되면 될 것이었고. 그날 밤은 오랜 이동 후에 푹 잘 수 있을 것이었다. 어느 순간엔가, 똑같은 풍경 사이로 근처의 마을을 알려주는 입간판에 눈길이 멈추었다. 동네 이름은…… '왈츠'.

내게 '왈츠'는 '지금을 긍정하는 순간'과 동의어다(왈츠를 출 수 있다는 뜻은 아니다. 절대). 4분의 3박자에 맞추려면, 두 발을 지닌 인간은 항상 어느 한 발을 땅에서 떼고 있어야 한다. 춤곡이 짝수보다 홀수의 박자를 가지는 건 그런 이유다. 과거도 미래도 잠시 잊고 그저 한 발을 허공에 두었다가, 어디론가 내딛는 일을 멈추지 않는 것…… 왈츠란 그런 것 아닐까? 지금의 왈츠 주민들의 삶이 어떤지는 모른다. 그 삶이 어떻든 상관없이, 그런 이름을 자신들이 사는 마을 이름으로 정한 사람들이 있었다.

　바깥에는 옥수수밭과 콩밭이 끝없이 이어지고, 우리가 탄 차는 계속 달리고 있었다. 렌터카 회사에서 우리가 요청한 차량이 없다며 같은 가격에 빌려준 GMC 유콘을 타고 달리다보니, 거실 소파에 앉아 있는데 방이 통째로 움직이는 것 같은 기분이었다.

　계속 움직이고 있는 순간……

짜기만 했는데 어쩌다보니
다 먹고야 말았던 게 요리

시카고에서 만나 동부 일정 전체를 안내했던 현지 코디네이터는 운전을 좋아하고, 맥주와 맛있는 음식을 좋아했다. 가는 곳마다 "여기서는 이걸 드셔야 해요"라며 데리고 들어가는 식당들이, 다 뭔가 특별하고, 비싸지 않고, 겹치지도 않았다. 코디네이터로서 매우 훌륭한 능력이라 하겠다.

　워싱턴 D.C.에서 촬영을 마치고 뉴욕으로 돌아오는 길이었다. 볼티모어 근처를 지날 때쯤, 코디네이터가 "반드시 드시고 가야 할 게 있다"고 했다. 게. 그날 잡은 게(볼티모어가 바닷가인 줄도 몰랐다)를 소금과 후추 정도만 뿌려서 그냥 쪄낸 요리다. 제대로 된 접시에 내오는 것도 아니고 농구 바스켓만한 양철 양동이에 담긴 게 몇십 마리가 그냥 나

온다. 나무망치와 키친타월 한 롤도 함께. 나무망치로 게를 으깨서 살을 발라 먹고, 키친타월로 손을 닦고, 맥주를 마시다보면 한 양동이가 그냥 없어진다. 이만하면 됐다 싶은데 마무리로 치즈버거를 먹어야 한단다. 이건 뭐 양념갈비 먹고 나서 냉면 먹는 것과 같은 이치인가? 하며 배가 부른 상태에서 치즈버거까지 시켰는데 그게 또 꾸역꾸역 들어간다. 짜고, 자극적이고, 느끼하고, 손에 뭐가 막 묻고, 입가에도 묻고, 배는 더부룩하고…… 그 와중에 남자 넷이서 계속 수다를 떨었다.

식사를 마치고 나오기 전에 코디네이터가 쓰지 않은 나무망치를 따로 두 개 사주었다. 일전에 출장 왔던 회사 동료의 결혼 소식을 듣고 선물로 전해주라는 것이었다. 나중에 출장 짐을 정리하다보니 어디선가 빠뜨린 모양인지 찾을 수가 없었다. 나무망치 두 개도 잃어버리고, 그날 무슨 수다를 그렇게 열심히 떨었는지도 기억나지 않는다. 그냥, 비가 오다 말다 하는 날씨였다는 것만……

메이저리그를 직관하다

'직업'이라는 것을 구체적으로 생각해야 할 무렵이 되었을 때, 가장 먼저 떠올랐던 직업은 스포츠 신문의 미국 특파원이었다. 매일 야구 보고, 글쓰고, 야구 보고, 글쓰고 하는 삶을 살 수 있다면 더 바랄 것이 없을 것 같았다.

뉴욕에서 촬영을 일찍 마친 날 메이저리그를 '직관'하기로 했다. 양키스타디움은 양키스-보스턴 라이벌전이라 이미 표가 없었다. 급히 표를 구해서 뉴욕 메츠와 마이애미 말린스의 경기가 열리는 시티필드로 향했다. 미국에서 야구장을 왜 'ballpark'라고, '공원'이라고 부르는지 알 것 같았다. 주차장은 시합 몇 시간 전에 도착한 사람들이 벌써 한바탕 바비큐 파티를 벌이고 난 후였다. 함께 온 스태프에게 "이거

쓰고 보는 거예요"라고 말하며 홈팀 메츠의 야구 모자를 하나씩 선물했다. 구장의 공식 상품점에서 데이비드 라이트의 티셔츠도 사고, 구장 안에서 핫도그도 하나씩 사 먹고, 맥주를 들고 자리에 앉았다. 비가 오다 말다 했지만 그런 건 중요하지 않았다. 드디어 메이저리그 시합을 직접 보는 날이었다.

선수들은 화면에서 보던 것보다 훨씬 '거구'였다. 마이애미 말린스의 선발 투수 조시 존슨은 부상으로 쓰러지기 전까지 그해 최고의 투수였다. '사람이 던진 공이 저렇게 빠를 수도 있구나' 싶었다. 시속 100마일에 가까운 공이 포수의 미트에 꽂힐 때 나는 '빡' 하는 소리는 짐작했던 것보다 훨씬 경쾌하고 시원했다. 거구의 선수들이 빠르게 운동장을 달리는 모습은, 보는 것만으로도 기분이 좋았다. 그날 시합 자체가 흥미롭지는 않았지만 그런 건 상관없었다. 로진백을 툭툭 만지는 투수의 손동작(비가 오다 말다 하는 날씨여서 손이 미끄러웠을 것이다), 타석에 들어서기 전에 배터스 박스의 흙을 고르는 타자들의 발놀림, 부지런히 움직이며 사인을 내는 포수의 손동작, 투수의 동작에 따라 한두 걸음 2루 쪽으로 미리 나아가다가, 견제구가 날아올 때면 재빨리 돌아오는 동작을 수도 없이 반복하는 1루 주자의 움직임…… 그 모든 '작은' 부분들까지 나는 놓치지 않으려고 애썼다. 그렇게 직접 보고, 듣고, 느낄 수 있어서 고마웠다.

긴 휴식 시간이 되었을 때 야구장 한편의 흡연 구역으로 가서 담배를 피웠다. 빗줄기가 가는 비가 내렸지만, 우산은 쓰고 싶지 않았다. 그렇게 내리는 비까지 '그동안 수고했다'고 말해주는 것 같았다. 그날은 정말, 선물을 받은 기분이었다.

You should be!

오전 촬영을 마치고 다음날 있을 예일 대학교 촬영을 준비하고 있는데, 인터뷰를 해주기로 한 교수에게서 연락이 왔다. 본인이 다음날, 그러니까 우리를 만나기로 한 날에 갑자기 뉴욕에 나와야 할 일이 생겼으니 인터뷰를 뉴욕에서 하면 어떻겠냐는 이야기였다. 전 세계 거의 모든 조류의 박제 모형을 가지고 있는 교수였다. 인터뷰 장소를 구하는 것도 문제지만, 인터뷰 외에 교수가 가지고 있는 박제를 찍어야 했기 때문에 어떻게든 예일에서 촬영을 해야 했다. 그때 시각이 오후 세시. 지금 바로 출발할 테니 퇴근 후에 기다려줄 수 있겠냐고 물었더니 그러겠단다. 급히 장비를 챙기고 예일 대학교가 있는 뉴헤이븐으로 출발했다. 마음은 급한데 비가 오는 날씨에 뉴욕에서 뉴헤이븐으로 가는 도로에는 차량이 많았다. 위험하다 싶을 정도로 급하게 운전을 해서 여섯시 조금 넘어 도착을 하기는 했는데, 교수가 있는 건물이 어디인지를 모르겠다. 대학교 담장이 따로 있는 것이 아니고 그나마 붉은 벽돌로 지은 건물이 모두 그게 그거 같아서 도무지 찾을 수가 없었다. 이미 약속 시간은 지났고, 교수에게 전화를 해보니 짜증을 냈다. "너네는 도대체 어디에 있느냐? 내가 건물 이름까지 알려줬는데 그걸 못 찾아 오냐?" 매일 그 건물에서 일하는 사람이 처음 그 건물을 찾아가야 하는 외국인에게 할 말은 아닌 것 같았지만 그런 걸 따질 겨를이 없었다. 조마조마한 마음으로 이 건물인가, 저 건물인가 하며 정신없이 두리번거리는데, 그중 한 건물 앞에 교수가 나와 있었다. 얼른 달려가 인사를 하는데 교수는 화가 많이 나 있었다.

나 I am sorry.

교수 You should be!

영어를 처음 배운 이후로, 'I am sorry'에 대한 대답은 'It's alright'나, 'No problem'만 있는 줄 알고 지내온 나로서는 당황스러운 반응이었다. '아, 이렇게 대답할 수도 있구나' 싶었지만 문제는 그런 깨달음이 아니었다. 교수는 화를 좀처럼 가라앉히지 못했다. 우리보고 아마추어라며, 본인이 약속을 했으니 인터뷰를 하기는 하겠지만, 진지한 답을 기대하지는 말라고 했다. 잠시 이 촬영을 해야 하는 건지 고민

건너오다

했다. 해야 하는 촬영이었다. 우리가 처음 오는 곳이라 길을 좀 헤맸지만 당신이 발표한 논문과 인터뷰들은 다 보고 왔다, 우리 아마추어 아니다, 라고 대답하고, 준비할 시간을 삼십 분만 달라고 했다. 비가 주룩주룩 내리는데 촬영감독을 비롯한 스태프는 그 비를 그대로 맞으며 아무런 말도 없이 장비를 건물 안으로 옮겼다.

삼십 분 후, 촬영 준비를 마친 촬영감독이 아직 화가 풀리지 않은 교수 쪽으로 모니터를 돌리며 한번 보여주라고 했다. 모니터 화면은 내가 봐도 매우 근사했다. 그 화면을 본 교수는 마음이 조금 풀린 듯했다. 그렇게 시작된 인터뷰가 한 시간을 넘겼다. 어느 순간부턴가 신이 나서 묻지도 않은 이야기를 풀어놓던 교수는, 인터뷰를 마치자 본인이 가지고 있는 조류 표본들을 보여주겠다고 했다. 어느새 촬영감독이 걸으라는 동선을 따라 걷고, 열어달라는 서랍을 열어 보인다. 같은 동작을 여러 번 주문해도 기꺼이 해 보였다. "너네 한국에서 왔지? 여기 한국 새 박제도 있어"라며 필요하지도 않은 표본까지 꺼내서 보여주었다.

촬영은 예상보다 훨씬 오래 진행되었고, 결과물은 썩 훌륭했다. 촬영을 마치고 나올 때 교수는 처음에 화냈던 것을 사과했다. 교수가 건물 안으로 들어간 후, 아직도 내리는 비를 그대로 맞으며 담배 두 대를 이어 피우면서 나는 촬영감독에게 고맙다고 했다. 그때가 아홉시쯤이었다. 저녁도 못 먹었다. 촬영감독이 말했다. "맛있는 거 먹자."

뉴헤이븐 시내에서 맛있는 태국 요리를 먹고, 아직 젖은 몸으로 차에 올라 뉴욕으로 돌아왔다. 뉴헤이븐에 갈 때는 정신이 없어서 알아차리지 못했는데, 십오 년 전쯤, 처음 미국에 왔을 때 한 달간 머물렀던 동네를 지나고 있었다. 어학원 수업을 마친 친구와, 가끔은 친구의 어학원 친구였던 일본인 여학생까지 함께 셋이서 뉴욕과 뉴저지를 구경 다녔던 그 한 달은, 지금까지 살면서 가장 '걱정이 없는' 한 달이었다. 친구의 차를 타고 외출할 때마다 건넜던 다리를 건널 무렵, 한국에 있는 그 친구에게 문자메시지를 보냈다.

─태펀지 다리 건너는 중이야.

잠시 후 답장이 왔다.

─어, 친구, 그때 좋았지, 고생이 많다.

과연 고생이 많았던 하루였다. 'I am Sorry'라고 말했을 때 'You should be!'라는 대답을 들을 수도 있다는 걸 직접 몸으로 깨달은 하루였으니.

건너오다

펄리시티라는 이름

미국 출장의 마지막 촬영지는 몬태나 주의 미줄라였다. 몬태나 대학교가 있는 도시라고 하지만, 대학만 빼면 그냥 소 키우고 농사짓는 시골이다.

　몬태나 대학에서 인터뷰를 하기로 한 교수는 매우 깐깐한 사람이었다. 미국에 도착한 후까지 인터뷰 요청에 허락을 해주지 않았고, 덕분에 다른 도시들을 돌아다니는 동안 몇 번이나 전화를 하며 우리 취재 의도를 설명해야 했다. 그 교수를 직접 만나기 전날, 마지막 촬영을 앞두고, 삼 주 동안 촬영한 자료들도 정리하고 인터뷰 준비도 할 겸 모텔 로비에서 노트북을 켜고 일을 하고 있었다. 모텔 로비에는 나와 데스크의 직원뿐이었다. 이십대 초반의 흑인 여성. 모델 같은 헤어스타일과

손톱 장식에, 보고도 믿을 수 없을 정도로 늘씬한 몸매의 소유자였다. 몬태나 대학 학생이고, 모텔 일은 아르바이트로 하고 있다는 아가씨의 이름은, 펠리시티Felicity였다.

至福. 지극한 행복……

그렇게 인사를 하고, 한 시간 정도 나는 내 일을 하고 펠리시티는 자기 일을 했다. 더이상의 대화는 없었다. 모텔 안과 밖 모두 조용했다. 그런 밤이었다.

다시는 찾을 일이 없을 것 같은 이국의 도시에서 마주친, 좋은 이름이었다.

비어 있는 시간

돌아오는 날이었다. 모두 합치면 백 킬로그램이 넘는 짐을 밀고 끌며 공항에 도착했는데, 다른 터미널이란다. 다시 그 짐을 밀고 끌며 다른 터미널로 가서 수속을 하고 탑승까지 마쳤다. 비행기가 이륙하자 옆에 앉은 일본계 미국인 아저씨가 말을 건다(우리도 도쿄에서 비행기를 갈아 탈 예정이었다). 본인은 LA 경찰국 소속 경찰인데, 일본인 2세 중에는 자기가 최고위직까지 올라간 경찰이라고 했다(네, 축하합니다).

돌아가서 정리할 일들을 생각하다가, 일단은 쉬자, 하는 기분으로 앉아 있는데 뭔가 이상했다. 이륙을 마친 비행기가 더 높이 올라가지 않고 공항 주위를 빙빙 도는 느낌이었다. 그렇게 두 시간 정도 지났을 까, 옆자리의 일본계 미국인 아저씨가 말했다.

"비행기가 회항한다고 합니다."

"네?"

"기체 결함이라고 하네요."

처음이었다. 출발 시간에 늦어서 공항 직원을 따라 짐을 들고 달려본 적도 있고, 우리가 미리 부친 짐에 들어 있던 방송용 카메라 배터리를 다시 꺼내서 들고 타라고 하는 바람에 출발 시간을 삼십 분 정도 잡아먹은 적도 있지만, 일단 이륙했던 비행기가 출발했던 공항으로 되돌아가는 건 처음이었다. 게다가 기체 결함이라니…… 어리둥절한 기분으로 다시 LA 공항에 도착하고 보니, 일단 내리란다. 그러고는 그날 다시 비행기가 뜰 수는 없으니 내일 같은 시각에 출발한다며, 숙소와 저녁식사 비용은 항공사에서 지급하니, 모두들 그리로 이동해서 1박을 하라고 했다. 그때가 아직 점심시간 전이었다. 백 킬로그램이 넘는 짐을 다시 운반할 생각을 하니 아득해서, 공항 수하물 보관소에 짐을 맡기고 간단한 개인 짐만 챙겨 항공사에서 제공한 버스를 타고 LA 시내의 호텔로 이동했다. 그런데 호텔에서는 항공사측으로부터 연락을 받은 것이 없다며, 방을 내주지 않고 기다리라고만 했다. 점심을 먹기도 귀찮고 마냥 기다리기도 지루해서 호텔 주변의 쇼핑몰을 한 바퀴 구경하고 돌아왔는데도, 여전히 호텔에서는 기다리라고만 했다. 그 사이에 같은 비행기에서 내린 승객들이 더 몰려와서 호텔 로비는 그야말로 난장판이었다. 그렇게 세 시간쯤 지났을까, 항공사측에서 다시 사람이 나와서는 "이 호텔이 아니다. 다른 호텔로 데려다주겠다"고 했다.

몇몇 승객들이 화를 내며 따졌지만, 우리는 따질 기력도 없었다. 그냥 다른 승객들을 따라 우르르 버스에 올랐다가 이십 분쯤 공항 쪽으로 이동한 다음 내리라고 해서 내리고 보니, 시내의 호텔보다는 좀더 소박한 호텔이었다. 오후 다섯시쯤 됐으려나.

두번째 호텔에서는 승객들 한 명당 방을 하나씩 내주었다. 생각지도 못했던 이유로, 출장 기간 묵었던 숙소 중에 가장 좋은 숙소에 묵게 생겼다. 간단히 짐을 정리하고 호텔 식당에서 식사를 했다. 공항에서 부터 함께 이동했던 일본인 여행객 두 명과 동석이었다. 둘 중 한 명은 영화배우라는데, 과연 생김새나 패션이 남다르기는 했다. 일본어를 하는 촬영감독과 일본인 영화배우가 이런저런, 여행지에서 처음 만난 외국인들끼리 할 수 있는 이야기를 했다. 한국 남자가 더 남자답다고 일본인 영화배우가 말했고, 아니다, 일본 남자들이 더 예의가 바르다고 촬영감독이 화답했던 것 같기도 하다. 일본인 영화배우가 뜻한 '남자다움' 따위는 없는 한국 남자인 나는 만사가 귀찮았다. 이제는 익숙해진 것 같은 캘리포니아의 따뜻한 햇살도 부담스럽기만 했다.

저녁을 먹고 다시 방으로 돌아와 LA에 있는 친구에게 문자를 보내며 볼 수 있으면 보자 했더니, 친구는 주말을 맞아 근교로 여행을 떠났단다. 아무도 없었다. 회사에 급히 메일을 보내고, 씻고, 가능하면 일찍 잠을 자려고 했지만 잠이 오지 않았다. 책을 보다 말다 하다가 새벽이 돼서야 잠이 들었다.

다음날 전날과 같은 시간에 공항으로 가서 맡겼던 짐을 찾아 다시 부치려는데, 짐을 받아주지 않았다. 비행기가 언제 다시 뜰 수 있을지 알 수가 없다는 이야기였다. 무조건 기다리라고만 했다. 그렇게 오전을 멍하니 보냈는데, 점심시간이라고 항공사 카운터에 있던 직원들이 모두 자리를 비웠다. 승객들이 폭발한 건 바로 그때였다. 여기저기서 고성이 오가고, 관리직으로 보이는 항공사 직원이 돌아다니며 일일이 죄송하다고 양해를 구했지만, 그들이라고 딱히 할 수 있는 건 없었다. 그렇게 또 한두 시간이 흘렀고, 항공사 카운터에 한국인 직원이 나타났다. 얼른 그쪽으로 갔다.

"저희 집에 좀 보내주세요."

"네, 죄송합니다."

"집에 보내주세요."

델타항공의 한국인 직원은 원래의 '도쿄-서울' 노선 대신 '하와이-서울' 노선을 알아봐주었다. 그날 밤 늦게 하와이로 가는 비행기라고, 그게 제일 빠른 노선이라고 했다. 방법이 없었다. 그렇게 하기로 하고, 하염없이 하와이행 비행기 출발 시간까지 또 기다렸다. 때로 시간은 정말 천천히 간다. 그런 시간엔 왜 책도 잘 안 읽히는지······

우여곡절 끝에 다행히 기체 결함이 없는 비행기를 타고 하와이에 도착해―하와이를 그런 식으로 처음 가보게 될 줄은 몰랐다―점심을 먹고, 서울행 비행기에 올랐다. 국적기였다. 대한항공의 승무원들이 그렇게 반갑고, 하나같이 예뻐 보일 수가 없었다. 삼 주가 넘었던 출장의 피로가 한꺼번에 몰려오는 것 같았다.

LA 공항에서 보냈던 이틀은, '비어 있는' 시간이라고 할 수밖에 없다. 과거, 혹은 미래와 전혀 이어지지 않는, 그것이 좋은 것이든 나쁜 것이든 '흐름'이라고 할 수 있는 어떤 연속성에서 뚝 떨어져나온, 그럼에도 분명히 있었던 그 시간. 지금도 회사의 공식 서류에는 나와 촬영감독, 카메라 부사수 세 사람이 실제보다 이틀 전에 복귀한 것으로 되어 있다. 그럼 그 이틀은, 캘리포니아의 따가운 햇살과, 공항 안의 나른한 공기와, 친절했던 한국인 직원의 미안해하는 표정은 어디에 있는 것일까? 그 시간들은 '왜' 있었던 것일까?

모든 시간들, 아니 순간들에 이유를 붙이고 싶은 것은 내가 어떤 '의미'를 향해 움직이고 있다고 생각하기 때문에, 그래야 나의 과거와 미래가 '일관되게' 이어지기 때문일 것이다. 삶이란 그래야 한다고, 적어도 삼십대까지의 나는 생각했던 것 같다. 비어 있는 시간을 견디지 못하고, 어떻게든 그 시간들에 이유를 붙이려 했다. 그렇게 피곤했다.

어쩌면 회사 생활 중 가장 길었던—마지막 이틀 때문에 전해의 호주 출장보다 더 길어졌다—미국 출장 일정 전체가, 비어 있는 시간이었을지도 모른다. 미국을 두 번 횡단하는 일정이었다. 가는 곳마다 낯선 풍경이었고, 이후로 다시 찾은 곳은 한 군데도 없다. 그러니 그 시간들은 그 출장 이전과도, 이후와도 이어지지 않는다. 힘들었던 순간들도 꽤 있었지만, 지금 돌아보면 맛있었던 음식과 보기만 해도 시원했던 지평선과 단 한 번뿐이었던 인연처럼, 좋았던 기억들이 더 많이 떠오른다. 그런 순간들이 지금과 이어지지 않아도, '비어 있는' 순간들이었다고 해도 상관없을 것 같다. 그런 순간들 안에서 내가 미소를 짓고 있을 때가 많았다면……

그걸로 됐다.

그때는 그랬다

"아무래도 영국에 다녀와야겠어요."

방송을 한 달 앞두고 작가에게 말했다.

전해 겨울부터 영등포구 신길2지구대, 그러니까 파출소를 직장처럼 드나들며 경찰관들과, 술집에서 남편이 아닌 어떤 남자와 동석한 여성에게 욕을 했다는 이유로 끌려온 중년 남자와, 새벽에 택시를 타고 돈을 안 낸 장애인 청년과, 비 오는 날 일 나가지 않고 도박을 하다가 돈 잃은 사람의 신고로 경찰서에 잡혀온 택시기사 무리와, 학교에서 돌아오는 길에 남의 집 방충망을 망가뜨린 초등학생들을 촬영했다. 사람들이 몸짓으로 하는 말들이 궁금했다. 경찰은 어떤 자세로 권위를 세우려 하는지, 제복 자체가 어떤 말을 하는지, 거짓말을 하는 사람들은 왜 자주 손으로 입을 가리는지, 왜 위기 상황이 되면 사람들은 무의식적으로 팔짱을 끼는지, 매력적으로 보이고 싶은 여성들이 왜 고개를 살짝 기울이는지…… 이런 것들을 설명해놓은 책은 있었다. 하지만 우리에겐 우리가 찍은 영상들을 보고, 경찰서에서 그들이 보이는 몸짓을 직접 '해석'해줄 사람이 필요했다. 우리나라에는 전문가가 없었다. 영국 옥스퍼드에 유명한 사람이 한 명 있다고 했다. 이메일로 우리 영상에 대해 의견을 줄 수 있겠느냐고 물었더니, 자신의 해석이 '법정에서 쓰이는 것이 아니라면 할 수 있다'고 했다. 그렇게 결정되었다. 3박 4일짜리 영국 출장이.

영국은 십삼 년 만이었다. 런던은 내가 처음 가본 외국의 도시였고, 가장 오래 머물렀던 곳이기도 하다. 스물넷의 나는 런던에 사 개월 있으면서, 아마도 변했을 것이다. 가장 큰 깨달음은 '세상의 중심은 다른 곳에 있었구나' 하는 실감이었다. 그리고 그 실감은 외로움으로 다가왔다. 차이나타운에서 산 한국 라면과 테스코에서 파는 큰 감자튀김과 파스타 면, 볶음밥 같은 것을 돌아가며 만들어 먹었다. 스페인 학생 두 명, 미국 노동자 한 명과 함께 나누어 쓰던 집의 뒤뜰에 앉아 담배를 피우고 있으면, 담장 건너에서 파티를 벌이던 현지 젊은이들이 "Hi, there?" 같은 인사말을 던지곤 했다. 대체로 "Fine" 했지만…… 당시의 나는 아마도 어떤 쓸쓸함을 풍기고 다녔을 것이다. 웨스트민스터 사원에 가고, 버킹엄 궁전에 가고, 피카딜리 서커스를 구경 다녔다. 대영박물관에서 미라를 보고, 이집트에서 그대로 떼어왔다는 피라미드의 벽을 구경하고, 베토벤의 친필 악보와, 역시 친필로 된 제임스 조이스의『피네건의 경야』초고를 한참 동안 지켜봤다. 시인 존 키츠의 생가를 구경 가고, 프로이트 하우스에 가고, 바보 같아 보이는 커다란 두상 밑에 "전 세계 노동자들이여 단결하라"라는 문구가 새겨져 있는 칼 마르크스의 무덤 앞에 잠시 앉아 있기도 했다. 시간은 항상 남아돌았고, 그 남아도는 시간 동안 세계사에 등장하는 이름들을 실물로 확인하는 나는, 나의 보잘것없음을 마주해야 했다. 내가 살아온 세계가 그토록 조그마한 것임을 몸으로 확인하는 일은 쓸쓸하지 않을 도리가 없다. 큰 세상에서 나의 꿈을 펼쳐보겠다는 야망 같은 것은 조금도 생기지 않았다. 그저 어떤 사람들은 기회가 더 많은 곳에서 살아가는구나, 하는 생각 정도. 그건 부러웠다.

생각 없이 런던 시내를 돌아다니다 피곤하면 서점엘 갔다. 런던 시내에 촘촘히 있는 서점들 중에 특히 마음에 드는 서점은 체인 서점인 블랙웰 서점, 특히 채링크로스 로드에 있는 지점이었다. 훨씬 더 유명하지만 뭔가 소란스러웠던 포일스 서점에 비해 바로 길 건너에 있는 블랙웰은 바닥이 카펫이었고, 서가의 배치도 도서관과 비슷해서 시간을 보내기에는 더 좋았다. 블랙웰의 카펫 바닥에 앉아 나는 존 버거의 소설을 읽고, 사뮈엘 베케트의 전기를 읽고, 장 뤽 고다르와 빔 벤더스, 미켈란젤로 안토니오니 같은 영화감독의 책을 읽었다. 어떤 시간들은 소리 없이 내 안에 쌓여 흔적을 남긴다. 블랙웰 서점의 카펫에 앉아 보냈던 1997년 런던의 오후 시간들이 아마 그랬을 것이다. 대부

건너오다

분 혼자였지만, 그 시간 동안은 외롭지 않았다. 굳이 말하자면 런던에서의 그 사 개월은—그런 것이 가능하다면—기대와 체념이 동시에 커져가던 시기였다. 기대가 더 잘 보였고, 체념은 그보다 깊은 곳에서 진행되고 있었을 것이다.

그 기대와 체념이 어찌어찌 작용하여서 나는 방송국 피디가 되었고, 이젠 회사 돈으로 십삼 년 만에 다시 런던을 찾았다. 런던으로 가는 비행기 안에서 나는, 런던을 다시 보고 싶었던 것인지, 나를 런던에게 보여주고 싶었던 것인지 분명치 않았던 것 같다. 지나고 나서 생각하니 사실은 좋아했던 어떤 이성을 십삼 년 후에 다시 만나러 가는 기분이었달까……

인터뷰와 간단한 스케치만 하면 되는 출장이라 인원은 단출했다. 나와 촬영감독 한 명. 촬영감독은 미대 출신에 허리까지 흘러내리는 장발을 깔끔하게 묶고 다니는 사람이었다. 제작 출장으로 외국을 나갈 때마다 입국 심사는 번거롭다. 관광 이외의 입국 목적에 대한 심사가 늘 그렇다. 짐이 많을 때는 별도로 신고를 해야 하고, 고가의 장비가 있을 때는 그 물건을 해당 국가에서 팔려고 들고 가는 게 아니라는 것도 신고해야 한다. 이번처럼 장비가 간단할 때는 그냥 '관광'이다, 라고 말하고 넘어가기도 하는데, 내가 그런 임기응변에 약하다. 촬영감독은 자기 경험에 따르면 어느 나라를 가든 직업란에 농부라고 적으면 입국 심사원들이 친절해진다고 했다. 이유는 자기도 모르지만 어쨌든 그렇다고. 그래도 직업란에 '농부'라고 쓰지는 않는다. 방송국 피디라고 적으면 이야기가 길어질 것 같아서 '작가'라고 적고, 촬영감독은 그대로 '카메라맨'이라고 적었다. 그러니까 우리는 전문가를 만나서 인터뷰를 할 거고, 그걸 내가 책으로 쓰기로 했고, 카메라맨은 사진을 찍을 거라고 설명했다. 입국 심사원은 까다로웠다. 인터뷰이인 박사가 정식으로 인터뷰를 수락한다고 한 문서가 있냐고 해서 사전에 주고받은 이메일을 보여주었지만, 그래도 뭔가 못마땅한 눈치였다. 마지못해 입국 도장을 찍어주면서 다음부터는 좀더 '분명한' 문서를 꼭 챙기라고 한마디 덧붙였다. 가끔 선진국이라고 불리는 나라에서 그런 일들을 겪을 때가 있다. '우리나라가 힘이 세니 나도 당연히 힘이 세다'라고 생각하는 인물들. 그런 백인들이 유색인종을 대할 때는, 게다가 입국을 '심사'하는 자리쯤에 있다보면, '네가 뭘 모르나본데, 내가 알려줄게'라는 식으로 이야기한다. 그러고 보니 선진국이라고 불리는 나라에도 바보들은 많다는 사실을 처음 깨달은 곳도 역시 런던이었다. 어떤 바보들은, 바보라는 사실만으로도 악해질 수 있다. 그것까지 바보의 책임이다.

다음날 박사를 인터뷰하기 위해 옥스퍼드로 출발했다. 우리를 데리고 갈 기사분이 호텔로 찾아왔다. 영국에 온 지 십 년쯤 되었다는, 나보다 두어 살 많아 보이는 이분도 꽁지머리다. 졸지에 머리를 묶은 두 남자와 이틀을 보내게 생겼다. 약속 시간은 오후였지만, 오전에 미리 가서 인터뷰 장소를 확인하고, 느긋하게 점심을 먹기로 했다. 오직 유럽 축구 리그를 가까이서 보기 위해 런던에 있는 것 같았던 기사는, 가는 내내 메시가 얼마나 훌륭한 축구 선수인지, 유럽에 수출되는 현대 소나타―우리가 탔던 차다―가 얼마나 좋은 차인지 이야기했다. 그런 식으로 자기가 지금 있는 곳에 있는 이유와, 떠나온 곳에 대한 미련이 한 사람 안에 자리잡고 있구나 싶었다. 예상보다 일찍 박사의 집에 도착하고 보니, 정원에서 웬 할아버지가 작업복 차림으로 잔디를 정리하고 있었다. 인터뷰를 하기로 한 그 박사였다. 박사도 자기집으로 들어오는 차에 동양인들이 타고 있는 것을 보고는 유심히 살피는 눈치였다. 내려서 미리 인사를 했다. "우리가 인터뷰하러 오기로 한 한국 촬영팀이 맞다. 댁이 어딘지 확인하려고 일찍 왔다. 점심 먹고 다시 오겠다" 했더니, 알았다며, 좋은 식당들이 어디에 많은지도 알려주었다.

오후에 다시 찾은 박사는 정장으로 갈아입고 우리를 맞아주었다. 영국의 방송에 여러 번 출연한 경험이 있었던 박사는 꼭 필요한 이야기를 편집하기 좋게 말해주었다. 인터뷰가 끝나고 이런저런 잡담을 나누는 동안에는, 우리가 타고 온 한국의 소나타가 얼마나 좋은 차인지 조곤조곤 설명하는 꽁지머리 기사의 자랑에 고개를 끄덕끄덕하기도 했다. 촬영이 깔끔하게 마무리된 후엔 언제나 기분이 좋다. 이제 비행기를 탈 때까지는 편안한 마음으로 런던을 즐기면 된다. 꽁지머리 소나타 기사가 어디 가고 싶은 데가 있는지 물었다. "런던에 왔으면 타워브리지도 보고, 빅벤도 보고 해야지요" 하는데, 나랑 촬영감독은 아무 관심이 없었다. "그럼 옥스퍼드에서 런던으로 가는 길에 유명한 아웃렛이 있는데 쇼핑 좀 하실래요?" 쇼핑에는 관심이 많지만 딱히 아웃렛에 가고 싶지는 않았다.

외국에 나와 있음을 몸으로 실감하게 하는 것은 역시 빛과 냄새다. 옥스퍼드에서 런던으로 되돌아오는 길에 도로 밖으로 펼쳐지는 잉글랜드의 석양이 그랬다. 십삼 년 전, 히스로 공항에서 런던 시내로 달리던 택시 차창 밖으로 펼쳐진 풍경과 새벽의 냄새도 그랬다. 그때 해가 뜨기 전 런던 교외 갈색 벽돌집들의 낯선 색과, 지난밤의 냄새들을 아직 떨치지 못한 새벽 공기의 감각이, 내가 처음 겪은 말 그대로 '이국'의 실감이었고, 그 실감에 이어진 내 마음속의 감정은 기대, 혹은 두려움이었다. 시간이 새벽이어서 그랬을까, 새로 열리는 하루를 기대하는 마음과 다르지 않았던 그 마음은? 런던을 다시 찾을 때쯤 나는 기대하지 않는 인간이 되어 있었다. 두려움은 여전히 남았지만 그건 십삼 년 전의 두려움과는 다르다. 스물넷의 두려움이 앞으로 무슨 일이 닥칠지 몰라서 느끼는 두려움이라면, 서른일곱의 두려움은 아마도 닥칠 것으로 짐작하고 있는 무언가가 정말로 닥쳤을 때 어떻게 해야 할까, 하는 두려움이었다. 마침 옥스퍼드에서 런던으로 돌아오는 시간은 석양이었다.

파장 직전에 도착한 아웃렛에는 문을 닫은 가게들이 많았다. 한국에서 기다리고 있는 스태프가 부탁한, 아들이 입을 만한 바지를 팔 것 같은 가게도 문을 닫은 상태였고, 차들이 이미 많이 빠져나간 주차장은 황량했다. 문 닫은 가게 주변과 주차장을 서성거리며 잠시 머물렀다. 서두를 것은 없었다. 기다리는 이도 없었다. 그냥 그렇게 거기 서서,

십삼 년 전의 런던을 떠올렸고, 아마 내게도 닥칠 석양에 대해 생각했다. 편안했다.

다음날은 나의 다음 프로젝트였던 '화석'에 관한 자료들을 보기 위해 자연사박물관을 찾았다. 화석 자료들을 모아놓은 도록을 사고, 장소를 옮겨 테이트에서 마크 로스코의 포스터와 내셔널지오그래픽에서 나온 초상 사진만 모아놓은 사진집을 샀다. 시내의 중국집에서 늦은 점심을 먹을 때, 십삼 년 전의 한 중국집이 떠올랐다.

지하철역에서 내가 지내던 집까지 가는 길에 있던 동네 중국집. 지금 생각하면 내가 지냈던 구역은 그리 부유한 동네는 아니었다. 저녁 시간에 맞춰 집에 돌아가는 길이면 늘 식당 입구 옆의 유리창 앞에서 주방장이 볶음밥을 볶고 있었다. 나는 그렇게 밥을 볶는 주방장의 모습을 물끄러미 보고 있을 때가 많았다.

"꼭 먹고 싶어서 그랬던 것도 아니고, 먹으려면 사 먹을 수도 있었을 텐데, 불쑥 들어가서 '볶음밥 하나 주세요'라는 말을 하지 못했던 거예요. 그렇게 몇 번인가 구경을 하다보니, 주방장도 나를 알아보는지, 하루는 밥을 볶다가 환하게 웃으면서 알은척을 하더라고. 이상하게 그 장면이 잊히지가 않아요."

"오늘 저녁은 그 식당에 가서 배가 터지도록 먹읍시다."

그렇게 말해주는 촬영감독이 고마웠지만 일부러 그 동네를 다시 찾고 싶지는 않았다. 다시 찾고 싶은 곳이 있다면 블랙웰 서점이었다. 포일스와 블랙웰이 마주보고 있는 채링크로스 로드에 들어서서 우선은 가까이 있는 다른 서점부터 들어갔다. 영화나 미술과 관련된 서적을 주로 파는 서점이고, 한국에서는 보기 어려운 책들이 많았다. 영화감독이나 사진가들을 다룬 책들을 살피고 있는데, 촬영감독이 뭔가를 발견하고 황급히 그쪽으로 갔다. 뭔가 싶어 따라가보니 퀴어 관련 잡지만 모아놓은 매대다. 신기한 듯 잡지에 실린 사진들을 구경하는 촬영감독 옆에 슬쩍 다가가 묻는다.

"손잡고 같이 볼까요?"

로커처럼 머리를 길게 늘어뜨린 가죽점퍼 차림의 동양인 남자와, 머리가 짧고 많이 마른 또다른 동양인 남자가 바짝 붙어 서서 퀴어 잡지를 유심히 들여다보는 광경까지도 어색하지 않다는 것이 런던의 매력이고, 어쩌면 힘일 것이다. 그런 여유는 언제나 편안하게 느껴지고 부럽기도 하다.

그 서점에서 구경할 것 다 보고 나와서 블랙웰로 향했다. 저 앞 어디쯤일 거라고 생각하고 가는데, 내가 생각했던 풍경이 나타나지 않았다. 당연했다. 나는 블랙웰의 간판이 당연히 검은색일 거라고 생각하고 있었다(서점의 이름 때문이었을까?). 그런데…… 파란색이었다. 그 사이에 바뀐 걸까? 아닐 거라고 생각한다. 십삼 년 전에도 채링크로스 로드에 있는 블랙웰 서점의 간판은 파란색이었을 것이다. 나의 기억이 잘못된 것이었다. 나의 기억이……

그런 것이었다. 다시 찾은 런던은 함께했던 시간을 다르게 기억하고 있는, 어쩌면 거의 다 잊어버렸을지도 모르는 옛사랑처럼 서먹서먹

했다. 나도 그다지 서운하지 않았다. 내가 살던 동네의 중국집을 찾아가 무슨 복수라도 하듯이 '배가 터지도록' 볶음밥을 먹지 않은 것도 마찬가지 이유였을 것이다. 어떤 과거는 굳이 지금 어떻게 바뀌었는지 확인하지 않아도 좋을 것 같다. 십 년이 넘도록 '가장 좋았던, 매일 새로운 일들을 몸으로 겪으며, 체념이 됐든 기대가 됐든 무언가를 마음속에 채워갔던 어떤 시기'로 기억하고 있다는 것만으로도, 지금의 모습과 상관없이 '그때는 그랬다'라는 사실은 틀림없다는 것만으로도 고마울 수 있을 것 같았다. 비록 그 기억이 잘못된 것이라고 해도.

P.S. 이 글을 쓰느라 구글 어스에서 블랙웰 서점 채링크로스 지점을 찾아보니, 그사이에 다른 가게로 바뀌었다. 잘못 기억하는 것과, 기억할 대상 자체가 사라져버리는 것, 어느 쪽이 더 나쁜 걸까? 더 좋은 걸까?

선물 같은 밤

"매번 호텔에서만 주무시면 단조롭죠?"라고 말하며 코디네이터가 피렌체에 잡아놓은 숙소는 12세기에 지었다는 성을 개조한 곳이었다.

현관을 열고 들어가면 긴 복도가 이어지고 그 끝에 거실 겸 식당이 있다. 우리가 배정받은 방은 이층이었다. 계단은 당연히 돌계단이었다. 경사가 좀 가팔랐다. 짐을 풀고 대충 씻은 다음 저녁을 먹기 위해 식당으로 내려왔다. 큰 성은 아니라서 손님을 많이 받을 수는 없다. 옆 테이블에는 우리를 제외한 나머지 숙박객인 일본인 가족이 와인까지 주문해놓고 정찬을 먹고 있었다. 거실이든 복도든 침실이든 백열등 조명이 비교적 어두운 편이고, 어디에도 형광등은 쓰지 않았다. 일본인 가족과 달리 간단히 저녁을 먹은 우리는 대신 건물의 뒷마당에 있는 야

외 테이블에 앉아 맥주를 마시며 이런저런 이야기를 나누었다. 건물의 벽으로 사면이 막혀 있는 뒷마당에서 올려다보는 정사각형의 하늘은 그 성을 지었다는 12세기부터 딱 그만한 크기였을 것이다. 한두 시간이 지나고, 술이 적당히 오른 우리는 한국에서 지내던 모습과는 가장 멀리 있었다. 공간적 거리뿐 아니라 시간적으로도, 그대로 그 성이 지어진 12세기로 넘어온 것 같았다(취하긴 취했나보다). 그런 시간, 그런 곳에선 멀리 두고 온 것만 같은 한국의 나에 대해 남 이야기하듯 술술 이야기를 할 수 있었다.

  그건 출장이 가끔씩 주는 선물 같은 밤이었다.

상상하기 때문에 두렵다

마닐라에서 차로 세 시간 정도 떨어진 아닐라오. 다이빙 스폿으로 유명한 지역이라서 해변을 따라 한 집 건너 하나씩 다이빙하우스가 있다. 그중에 주로 한국인 다이버들을 대상으로 영업하는 곳에서 일주일 동안 수중촬영을 하기로 했다. 수중촬영 전문 촬영감독은 하루에 네 번씩 다이빙을 해서 CG 배경으로 쓸 빈 바다를 찍어오는데, 물을 무서워하는 나는 촬영감독이 찍어온 그림만 확인하고, 다음 잠수에서는 이런저런 그림을 찍어오면 좋겠다고 설명한다. 말하자면 촬영감독만 고생하고 피디는 신선놀음인 그런 촬영이다.

이틀짼가, 밖에서 기다리기만 하는 것도 미안하고, 또 아무것도 안하고 있기도 심심해서 스킨스쿠버를 해보기로 했다. 해보고 싶은 마음은 없었다. 그냥 뭐든 해보는 게 안 해보는 것보다 좋다는 생각으로, 다이빙하우스에 왔으니 다이빙을 한번 해보자는 마음뿐이었다. 마침 우리 말고 다른 손님들도 둘이 있어서 함께 간략한 스킨스쿠버 입문 강의를 듣고 물속으로 들어가보기로 했다. 호흡법, 손과 발의 움직임, 물속에서의 간단한 의사소통법 등등을 설명하던 한국인 강사가 마지막에 덧붙인 말, 물속은 무섭지 않다는 말이었다. 들어가보지 않은 곳이기 때문에 짐작하면 무서울 수밖에 없지만, 정작 들어가보면 무서울 것은 없다고, 위에서 보면 그저 어둡기만 한 물속에 들어가야 할 우리를 그렇게 안심시켰다. 상상하기 때문에 두려운 것이라고. 상상하기 때문에……

　그 말이 단순히 물속 세계만을 일컫는 것은 아닐 거라고 내 마음대로 짐작한 건, 그날 저녁, 다른 손님들과 함께 맥주를 놓고 앉아 이런저런 이야기를 나눈 후였다. 강사는 필리핀 땅에 다이빙하우스를 열게 된 사연을 풀어놓았다. 사십대 초반, 미혼, 심하게 말랐으며 가수 윤종신을 많이 닮은 강사는 현지에서는 '스콧'으로 통했다. 서울의 평범한 가정에서 자라 편하게 대학까지 진학했고, 졸업 후에는 지금은 주인이 바뀌었지만 당시엔 꽤 안정적이던 자동차 회사에 취업했다. 중국어를 전공했기 때문에 중국 시장을 주로 담당했고, 맡은 일은 꽤 열심히 했다고 스콧 강사는 말했다.

　거기까지는 평범했지만, 경제 위기로 다니던 자동차 회사가 고비를 맞으며 모든 것이 달라졌다. 부서의 임원 하나가 중국에 외상으로 넘긴 차량의 판매 대금을 받아오라는 일이 스콧 강사, 아마 당시엔 이대리나 이과장쯤 되었을 삼십대 초반의 청년에게 떨어졌다. 혈혈단신 중국에 들어가 중국 상인들을 만나며 대금 독촉, 아니 사정을 했지만, 곧 망할 것 같은 회사에 돈을 선뜻 내어주는 장사꾼은 없었다. 그렇게 일 년을 중국에서 보낸 후 이대리에게 남은 것은 아무 음식도 소화시키지 못할 정도의 위궤양이었다. 아무 음식도 소화시키지 못하는 증세가 어떤 것인지 나는 모른다. 다만 삼십대 초반의 나이에, 하기 싫은 소리를 그것도 외국어로 해야 하고, 해야 할 일을 마치지 못한 채 외국 땅에서 혼자 저녁을 먹어야 하는 건 건강한 상태에서도 소화가 힘들 것 같단 짐작은 든다. 그런 생활을 일 년 동안 했다는 것이다.

결국 일을 다 마치지 못하고 한국에 돌아온 이대리 혹은 이과장은 사표를 쓰고 필리핀으로 왔다고 했다. 처음부터 오래 머무를 생각은 아니었지만 군이 돌아갈 이유도 없었고, 마닐라 시내의 호텔에서 육 년을 지낸 후, 아닐라오에 들어와 지금의 다이빙하우스를 열었다고 했다. 그사이 한국엔 한 번도 다녀가지 않았고, 이대리 혹은 이과장이었던 청년은 스콧이 되었다. 왜 필리핀이었냐고 물었더니, '물뽕'을 맞았기 때문이라고 했다. 원할 때 물속으로 들어갈 수만 있으면 그걸로 된 거라고. 한 번도 들어가본 적이 없는 사람들이 그 색깔과 깊이만으로 두려워하는 물속이, 그에겐 '그것만 있으면 되는' 위로였던 셈이다. 그러니 처음 다이빙을 하는 사람들에게 자신 있게 말할 수 있었을 것이다. 상상하기 때문에 두려운 것이라고.

생각해보면, 어떤 일을 하거나 하지 않는 이유가 상상의 두려움 때문일 때가 많다. 알 수 없는 물속이 두려워 다이빙을 못하고, 거절당할 것이 두려워 그 사람에게 고백을 못하고, 헤어진 그 사람을 마주칠까 길을 돌아가고, 약점을 들키는 것이 두려워 아예 말을 하지 않고, 불 꺼진 빈집에 혼자 들어가는 것이 싫어서 불을 켜놓고 외출한다. 나도 그랬다. 그런데 나이가 마흔에 가까워지면서 그렇게 두려워했던 것들이 사실은 나쁘지만은 않았다는 것을 알게 되고, 뿐만 아니라, 일이 늘 두려워했던 대로만 진행되지 않는다는 것을 경험으로 알게 된다. 헤어진 그 사람을 다시 만났을 때 예전에 보이지 않았던 시시한 모습을 확인하기도 하고, 불 꺼진 빈집의 고요함이 의외로 편안한 밤도 있다.

삼십 년 넘게 살아온 고국을 떠나 필리핀으로 오고, 또 거기에 남기로 결심하기까지 스쿳 강사에게 두려움이 없진 않았을 것이다. 아무리 좋아도 외국은 그렇게 무서운, 적어도 알 수 없는 곳이다. 하지만 그는 그 두려움에 굴복하지 않았다. 그저 '물뽕'만 맞을 수 있으면 된다고 생각할 수 있는 힘, 앞뒤 재지 않고, 길게 보지도 않고, 그 순간 원하는 것을 원한다 말하고 행동으로 옮기는, 그렇게 현재만을 살아가는 삶이 십 년 정도 쌓이면, 노을이 멋진 해변에 크지는 않지만 아담하고 따뜻한 분위기가 넘치는 다이빙하우스가 된다. 그 다이빙하우스는 한때 이대리였다가 스쿳이 되기로 한 한 남자의 결심이 옳은 것이었음을 보여주고 있었다. 으리으리하지 않지만 결코 날림으로 짓지도

않은, 그만하면 딱 좋은 집 한 채만한 성공이랄까…… 촬영을 마치고 처음으로 하늘이 맑았던 날, 촬영감독과 스콧이 다이빙을 나간 사이에 식당 테라스에 앉아 종업원이 타준 커피를 마시며 바다만 바라보았다. 파도 소리를 들었다. 들리는 소리라고는 파도 소리밖에 없을 때, 그 소리에도 어떤 리듬이 있음을 알 수 있다. 그건 뭐랄까, '나의 마음이 어떻든 상관없이 꼼짝도 않는 무언가가 만들어내는 리듬'이었다. 싫지 않았다.

하늘엔 원래 별이 많다

담배를 피울 때나 머리가 복잡해 바람을 쐬고 싶을 때면 베란다로 나간다. 거기서 가끔 멍하니 앉아 있기가 뭐한 밤에는 '하늘지도' 앱으로 별자리를 살핀다. 10월 말, 동쪽을 향하고 있는 우리집 베란다 정면으로 보이는 별자리는 쌍둥이자리와 게자리, 오리온자리다. 죽지 않는 능력을 쌍둥이 동생에게 나누어주어 하루의 절반은 신으로 하늘에서 지내고 남은 절반은 땅에서 인간으로 지낸다는 카스토르와 폴리데우케스 형제의 전설을 찾아보는 것도 작은 즐거움이다. 그렇게 베란다에 앉아 멍하니 하늘을 보며, 내게 있는 무언가의 절반을 줄 수 있다면 그건 무엇일지, 또 누구에게 줄지(형은 아닌 것 같은데), 절반은 신으로 절반은 인간으로 산다는 게 꼭 즐겁기만 할지, 이런저런 생각을 해본다. 그렇게 잠이 오지 않는 밤을 보낸다.

별자리에 관심이 생긴 건 말레이시아 출장에서 이틀 밤을 노숙한 후부터다. 코타키나발루에만 있다는 세상에서 가장 큰 꽃 라플레시아를 찍으러 간 출장이었다. 수소문 끝에 곧 개화할 것 같은 봉오리 하나를 찾기는 했는데, 꽃이 큰 만큼 개화하는 데만 짧게는 이틀, 길게는 일주일까지 걸린다는 점이 걱정이었다. 귀국까지 남은 일정은 이틀. 어쩔 수 없이 출장을 하루 연장하고 촬영을 시작했다. 이틀 동안 계속 카메라를 돌릴 수는 없으니, 일 분에 한 장씩 스틸을 찍어서 나중에 그것들을 이어서 보여주는, 소위 '타임랩스 촬영'이었다. 문제는 장비를 걸어둔 이상 현장을 뜰 수 없다는 사실이었고, 결국 촬영 현장 옆 도로에 세워둔 차 안에서 스태프들과 교대로 쪽잠을 자며 밤을 새우기로 했다. 낯선 이국땅의 숲속 도로에서 새우는 밤은, 솔직히 무서웠다. 가끔 들리는 인기척이나 달리는 자동차의 헤드라이트에 반가움보다 무서운 마음이 먼저 든 것은 함께 간 스태프를 제외하면 모든 것이 낯선 곳이기 때문이었겠지만, 타인의 존재 앞에 무서운 마음이 먼저 든다는 게 한편으론 서글프기도 했다. 그런 '두려운' 인간에 비해 자연은 한없이 고요했고, 하늘엔, 정말 별들이 쏟아질 것만 같았다.

그런 별들은 처음이었다. 아마 십오 년 전쯤 스위스의 알프스 중턱에서 본 밤하늘이 비슷했겠지만 그 기억은 이미 희미했다. 정말 전구를 흩뿌려놓은 것 같은 그 별빛 아래서 가장 먼저 든 생각은 '별빛이 사람을 미치게 할 수도 있겠구나'였다. 인공조명과는 다른, 상상도 하기 어려울 만큼 먼 거리에 분명히 있다는 그 별들이 쏟아내는 빛은, 맨정신으로 감당하기 어려울 정도였다. 별들 하나하나가 풀어야 할 수수께끼처럼 느껴졌고, 내 안에서 무언가가 울렁거림을 넘어 터질 듯이 뻐근했다. 나는 반 고흐의 〈별이 빛나는 밤〉이 적어도 내게는, 지금까지와는 다른 작품이 될 것임을 알았다. 그리고 하늘엔 원래 별이 많다. 불과 백 년 전만 해도 사람들은 매일 밤 그런 밤하늘을 보고 살았을 것이다. 전등이 발명되고 현대 문명이 시작되면서 잃어버린 것들의 소중함을 이야기하려는 것은 아니다. 전기가 있고 매일 밤 따뜻한 물이 나오는 현대 도시 문명에 이미 길들여진 나는, 그 편리함을 거부하면서까지 과거에 가능했던 어떤 정서를 그리워할 생각은 없다. 다만 멀지 않은 과거의 사람들이 지금의 도시에서 보는 밤의 정경과는 완전히 다른 밤을 보고 살았다는 사실, 그리고 그들에게도 우리와 똑같은 상상력이 있어, 그 밤하늘을 보며 별들에게 이름을 붙여주고, '이야기'를 만들었다는 사실이 묘한 감흥을 주었다. 그건 뭐랄까, 내게 익숙한 세상이 세상 전부는 아님을 확인하는 어떤 숙연함이었을 것이다.

그리고 인간에게는 영원으로 느껴질 시간 동안 거기 그렇게 자리를 잡고 있는 별들을 확인하는 것, 내가 없었던 시절부터 그 별은 그렇게 있어왔고 또 내가 사라진 후에도 계속 있을 거라는 사실, 그건 먼 미래 혹은 먼 과거와 함께 있는 느낌, 과하게 말하면 나 역시 그 영원에 동참하고 있다는 뿌듯함이기도 했다. 내가 없더라도 내가 밤하늘을 올려다보았던 그 순간 나의 눈에 비친 별자리는, 나란히 옆으로 누운 비슷한 별자리 둘을 보며 쌍둥이를 떠올리고, 거기서 한발 더 나아가 신화 속에서 쌍둥이 인물을 찾아내 그 이름을 붙여주었던 고대의 천문학자(라기보다는 점성술사에 가까웠겠지만)의 눈에 비친 바로 그 별자리다. 그렇게 생각하면 고대 그리스의 어떤 집 창이 우리집 베란다와 다를 것도 없다. 그렇게 '영원'을 경험하는 순간엔, 짧은 한 생에 일어난 모든 일들을 그대로 받아들일 수 있을 것 같은 마음도 든다. 심하게 말하면, 그대로 죽어도 딱히 서운하지 않을 만큼(이젠 '맨정신'으로는 그 밤하늘을 감당할 수 없다는 말이 실감나시는지).

변하지 않고 늘 같은 자리에 있는 무언가는 위로를 준다. 생각해보면 우리를 아프게 하는 것들은 대부분 변화다. 있던 것이 사라지고 없던 것이 새로 생길 때마다, 우리는 아쉬워한다. '길들여진 상태'가 편안한 만큼 의지와 달리 거기서 벗어나야만 하는 상황은 서운하고, 때론 아프다. 사랑했던 사람이 떠나서 아프고, 흰머리가 늘어서 서운하고, 내일 해야 할 새로운 일은 어쩔 수 없이 두렵다. 코타키나발루의 숲속 도로에서 우리를 지나가는 자동차들이 두려웠던 것도 나는 아직 그것들에 길들여지지 않은 상태였기 때문이다. 하지만 도로 위의 하늘에는 쏟아질 듯한 별이 있었다. 변하지 않고 늘 자리를 지키고 있어 든든한 친구 같은 별들이 주는 위로. '괜찮아. 네가 그동안 어떤 변화를 겪었든, 앞으로 또 얼마나 변화를 겪든, 우리는 이대로 여기 있을 거야'라고, 정말 '보란듯이' 말하는 별들의 위로.

초행이지만 왠지 언젠가 한번 와본 적이 있었던 것처럼 익숙한 곳이 있다. 보르네오 섬의 키나발루 산 중턱에 여기저기 흩어져 있는 마을들이 그랬다. 산속 사람들이 생필품을 사고, 지나가는 관광객에게 그곳에서 나는 과일 같은 것을 파는 시장을 중심으로 마을이 들어섰다. 광장 주변엔 백여 개의 상점 건물들이 죽 둘러섰고, 물건을 파는 상인이든 물건을 사러 온 사람이든, 아니면 그냥 집에 있기가 심심해 내려온 주민들이든 모두 느긋한 표정이다. 그런 곳에선 아무도 재촉하지 않을 것 같았다. 왜 그 마을이 익숙했을까? 내가 이을 수 있는 연결 고리는 어린 시절 외할머니가 계시던 경상북도 의성의 시외버스 터미널 앞 상가밖에 없었다. 아마도 어린 시절엔 매일 밤 별들이 쏟아질 것 같은 밤하늘을 보았을 할머니. 여름방학을 맞아 놀러온 고등학생 손자와 친구들에게 당신이 먹는 배급쌀을 먹일 수 없다며, 일반미를 사러 다녀오셨던 읍내. 그날 할머니 손에 들려 있던 일반미가 든 검은색 비닐봉지의 무게. 그렇게 감당이 안 될 만큼 무조건적이고 일관적으로 나를 향하고 있는 어떤 마음, 밤하늘의 별 같은…… 그뿐만은 아니었을 것이다. 예상하지 못했던 일들은 거의 일어나지 않는 어떤 공간의 안정감, 그 안정감은 코타키나발루를 처음 찾은 나 같은 사람도 감지할 수 있을 만큼 묵직했다. 해질녘이나 새벽에 도로를 따라 차를 달리면 그때 느끼는 것만큼 이국적인 풍경과 냄새도 없었지만, 그런 감각들이 낯설지 않았던 것은, 해발 사천 미터가 넘는다는 키나발루 산의 무게인 듯 묵직한 그 안정감 때문이었을 것이다.

자주 먼 곳을 보는 침팬지

일본 출장의 마지막 일정은 오카야마의 유인원 연구소 촬영이었다. 일본에 도착하는 날 오후부터 촬영을 시작해서 도쿄 시내의 대학과 우에노박물관, 요코하마의 동물원, 시즈오카 대학 촬영까지 사흘 만에 끝내고, 비행기를 타고 오카야마의 공항에 내렸다.

일본의 작은 도시들의 안정감이 좋다. 거기서 사는 사람들이 어떤 고민을 안고 있는지, 어떤 삶의 고단함에 시달리고 있는지를 며칠 머무르는 내가 알 도리는 없다. 다만 일본의 그 회색, 내 마음대로 'Japanese Grey'라고 이름 붙인 그 회색은 우선 반갑다. 무슨 색에든 회색을 섞어서 보는 이의 눈을 피곤하지 않게 하는 것 같은 건물의 외벽들이, '여러분이 지금 어떤 마음 상태든 우리는 그 안으로 함부로 침범하지 않겠습니다'라고 말하는 것 같아서 좋다.

　촬영장인 하야시바라 거대 원숭이 연구소에 도착했다. 초등학교 운동장만한 공간에 십 미터 정도 되어 보이는 콘크리트 벽을 두르고, 그 위에 다시 고압 전선까지 쳐놓은 곳에서 침팬지 '가족' 여덟 마리가 함께 지내고 있었다(침팬지는 매우 힘이 센 동물이다. 특히 팔심이 무지막지하게 세서, 언젠가 이들이 사는 곳에 너구리 한 마리가 들어왔을 때 그 너구리의 목을 뽑아서 죽여버렸다고 한다). 처음 보는 우리 눈에는 모두 똑같이 생긴 것 같은데, 침팬지와 함께 지내는 연구진들은 한 마리 한 마리에게 이름을 지어주고, 침팬지를 셀 때도 단위를 '마리'로 하지 않고 '명'으로 했다. 그들이 보기에 침팬지는 동물이 아니라 '인격체'였다. 사람과 다를 것이 없다고 했다.

　오카야마에서 찍어야 할 내용은 포유류의 짝짓기와 육아에 관한 것이었다. 특히 '알파 수컷'이 여러 암컷과 짝짓기를 하는 침팬지의 일부다처제를 이야기하기 위한 밑그림들이 필요했다. 암컷 여섯 마리에 수컷 두 마리가 모여서 생활하는 그 집단에서 알파 수컷은 '로이'다. 그렇다. 왕이다. 로이가 세 '명'의 암컷과 짝짓기를 해서 낳은 딸이 세 '명' 있다. 그렇게 일곱이고, 나머지 한 '명'이 알파 수컷이 아닌 수컷 잠바다. 촬영을 하는 이틀 반 동안 내내 잠바가 유난히 눈에 띄었다. 잠바는 하야시바라 거대 원숭이 연구소의 '가족'이 아니었다.

　이틀 반 만에 침팬지 가족의 성생활을 찍는 것은 애초에 무리가 있었다. 그사이에 알파 수컷과 다른 암컷이 짝짓기를 할 가능성은 없었다. 그저 늘 엄마 등에 업혀 다니는 막내 침팬지를 찍고, 서로의 털을 다듬어주는 모습을 찍고, 알파 수컷 로이가 가끔씩 성질을 부리면 나머지 침팬지들이 겁을 먹고 죽은듯이 조용해지는 모습 같은 '일상적인' 그림들만 찍을 뿐이었다. 출산 장면이나 짝짓기 장면 같은 것은 연구소에서 찍어놓은 기록 영상을 빌려서 쓰기로 했다. 그러니까 여유 있는 촬영이었던 셈이다. 콘크리트 담장 뒤쪽에 카메라를 설치해놓고 이런저런 잡담을 하다가, 침팬지가 뭔가 이상 행동을 할 때만 카메라를 돌렸다. 그건 촬영감독의 일이고, 나는 주로 잠바를 관찰했다. 알파 수컷이 되지 못한, 주인공이 아닌 잠바를……

잠바는 부상중이었다. 오른발 발가락에 피가 보이는데 유심히 보니 발가락이 두 개쯤 거의 떨어져나갔다. 머리와 등에도 온통 긁히고 파인 상처투성이다. 연구원 말에 따르면 얼마 전에 로이에게 대들었다가 생긴 상처란다. 촬영 기간 내내 잠바는 나머지 일곱 마리와 어울리지 못했다. 늘 한쪽 구석에 앉아 자기 상처나 만지고 있었다. 동물들에게도 표정이 있다는 게 놀라웠다. 늘 시무룩하게 앉아 있는 잠바의 표정은 '패자'의 것이었다. 단순히 한 번 지는 일을 겪은 패자가 아니라, 이젠 모든 기대를 접어버려야 함을 알아버린, 하지만 완전히 포기한 자의 편안함에는 이르지 못한, 이제 막 넘을 수 없는 벽을 실감한, 아직은 상처뿐인 패자의 표정…… 연구소의 홈페이지에서는 잠바에 대해 이렇게 설명하고 있다.

"털은 갈색이다. 살집이 있고 우람한 몸집이다. 능란한 구애 방식은

건너오다

로이에 버금갈 만큼 훌륭하다. 가끔 먼 곳을 바라보곤 한다."

'가끔 먼 곳을 바라보곤 하는' 잠바의 모습은 내가 머물렀던 이틀 반 동안에도 자주 볼 수 있었다. 다른 침팬지들이 눈길을 주지 않으니 그들과 눈을 맞출 수가 없다. 눈을 맞출 수 없으니 뭔가를 함께할 수도 없다. 그런 루저가 바라볼 수 있는 것은 자신의 상처가 아니면, 여기가 아닌 다른 곳, 먼 곳일 수밖에 없다. 먼 곳을 자주 바라본다는 것은 아마도 패자들의 특징일 것이다.

먼 곳은 나 또한 자주 바라보곤 했다. 사람들이 잘 다니지 않는 건물 뒤쪽의 창문 앞에 서서 몇 시간이나 가만히 건물 뒤의 숲을 바라보곤 했다. 알파 수컷? 그런 건 꿈꿔본 적도 없다. 우리 모두가 대부분은 그렇다. 언젠가 알파 수컷 로이에게 대들었던 잠바처럼 자신이 가진 것으로 세상에 도전하고, 넘을 수 없는 '벽'을 확인하고, 상처투성이가 된다. 바라던 것이 어쩌면 영원히 얻을 수 없는 것임을 깨닫고 나면, 그걸 내 몸이 받아들이기까지 얼마 동안 바라볼 것이라고는 피투성이가 된 상처 아니면 먼 곳밖에 없다. 승자의 수는 늘 너무 적다. 승자가 아닌 사람들도 어떻게든 계속 살아야 한다. 어떻게? 이 질문 앞에서 나는 연구소의 침팬지들을 셀 때 '명'이라는 단위를 붙여 부르고 인칭대명사를 사용할 때 'it'으로 하지 않고 'he'나 'she'를 붙여 부르던 연구원들에게 동의할 수가 없어진다. 패자를 그렇게 대하는 이상 침팬지는 침팬지일 수밖에 없다. 그들은 패자에게 '승자가 되지 못해도 괜찮아'라고 말해주지 않기 때문이다. 그런 무리를 인간과 함께 묶을 수는 없다. 인간은 그래서는 안 되는 것이라고 나는 믿고 싶다.

잘사는 사회란 그런 것이다. 이기지 못한 사람들도 각자의 몫에서 책임감과 자부심을 느낄 수 있는 사회. 약육강식만은 아닌 사회……

유인원 연구소를 촬영하는 이틀 동안 점심은 연구소에서 차를 타고 오 분 정도 거리에 있는 레스토랑에서 먹었다. 해변 도로 옆의 식당은 시골 마을에 어울리는 차분함과 시골 마을에 어울리지 않는 세련된 인테리어를 함께 갖추고 있었다. 요리 또한 단정했고, 특히 허투루 하지 않은 플레이팅이 인상적이었다. 그건 화려하지 않지만 자부심이 느껴진다고나 할까, 최고가 아니지만 그렇다고 함부로 해버리지 않는, 자신을 놓아버리지 않은 요리사의 요리였다. 그런 요리를 먹고 레스토랑의 테라스에서 바다를 보며 담배를 피우는 동안은 지금을 긍정할 수 있을 것 같은, 기분좋은 요리에 기분좋은 식당이었다. 그런 요리가 사람과 침팬지를 다르게 만들어주는 것이라고 나는 믿는다.

돌아오는 날 아침, 교복 차림에 자전거를 타고 호텔 앞 인도를 달려가는 일본 여학생들의 모습이 씩씩했다. 그런 씩씩함이 좋다. 아직 '넘지 못할 벽'을 느껴보지 않은 아이들의 씩씩함. 언젠가 그 씩씩함이 그들의 표정에서 사라질 것을 생각하면 쓸쓸하기도 하지만, 그런 건 나중 일이다. 우리가 이틀 동안 점심을 먹었던 유인원 연구소 근처 해변의 레스토랑, 시골 식당에 어울리지 않게 정성껏 플레이팅을 한 요리를 내어놓던 주방장처럼 자랄 수 있다면, 한두 번쯤 졌다고 늘 먼 곳만 바라보며 지낼 이유는 없을 것이다.

지금쯤 잠바도 고개를 들고 다니고 있으면, 다른 침팬지들과 눈도 맞추고 그렇게 지내고 있으면 좋겠다. 진심으로.

세 창문 모두 닫혀 있었다

중동은, 정확히는 중동의 공항에 불과하지만 어쨌든 처음이었다. 도하. 우리 일행은 베오그라드로 가는 카타르 항공의 비행기를 기다리고 있었다. 공항을 이용하는 사람들 중에는 당연히 중동 사람들이 가장 많다. 낯설었다. 이유 없이 경계하게 되는 사람들…… 선입견이라고 할 수밖에 없을 감정에서 비롯된 그 경계심이 싫지만, 편안하지 않은 몸은 어쩔 수 없다. 그나마 공항이라서 조금은 덜 불안했지만……

어쩌다보니 해외를 자주 다니게 되었고, 그러다보니 이런저런 공항도 많이 가보았다. '이런저런' 공항이라고 해봤자 공항은 다 비슷하게 생겼다. 특히 최근에 새로 지은 공항은 모두 구분이 어려울 정도로 비슷하다. 목재는 보이지 않고 유리와 철제로만 지은 것 같은 건물의 지붕 높은 실내에는 거의 똑같은 브랜드의 상점들이 있고, 그 상품들을 비슷한 복장을 한 사람들이 구경한다. 공항의 커피와 음식맛은 대부분 비슷하고, 심지어 여러 인종의 체취가 향수와 뒤섞인 것 같은 냄새까지 비슷하다.

갈아탈 비행기를 기다리며 앉아 있는 나의 맞은편에는 중동 특유의 흰색 장옷을 입은 덩치 좋은 남자와, 검은색으로 온몸을 둘렀지만 목과 팔에는 (아마도) 순금 장신구를 두른 여인이 나란히 앉아 있었고, 내 뒤쪽 맨바닥에는 항공사 담요를 바닥에 깔고 배낭을 베개 삼아 잠이 든 배 나온 백인 청년이 있었다. 그 옆에는 단체 관광객인 것으로 보이는 일본의 중년 남성들이 특유의 단정한 점퍼와 등산모 차림으로 조용조용 이야기를 나누고 있었고, 그 너머로 부스 안에는 와인색 제복 차림의 카타르항공 여직원이 앉아 있었다. 온갖 국적이 뒤섞인, 그래서 오히려 국적이 의미 없어지는, 무국적의 공간. '소속'이 없는 공간.

그러고 보면 공항에서 사람들은 조금 너그러워지는 것 같기도 하다. 여행에 나선 들뜬 마음이 그 친절함의 이유겠지만, 그것만은 아닌 것 같다. 그들이 평소보다 더 친절해지는 이유는 여행을 하는 동안은 어디에도 소속되어 있지 않기 때문이다. 말해놓고 보니 다 그런 것 같지는 않다. 단체로 움직이는 사람들은 예외로 하고, 홀로, 혹은 단둘이 여행을 떠난 사람들은 분명 더 너그러운 것 같다. 그런 사람들은 대부분 친절하고 고집을 부리지 않는다. 그곳이 '나의 영역'이 아님을 인정하고 하는 행동은 그렇게 조심스럽게 마련이다. 단체 여행객들이 개인

여행객들보다 덜 친절하고 더 무례한 것도 그렇게 설명할 수 있겠다. 그들은 무국적의 '공간'에 있을 뿐 여전히 '집단'에 속해 있으므로 조심하지 않는다. 유로로 커피값을 지불하는 손님들에게 카타르 동전으로 거스름돈을 내어주는 카페 종업원의 노골적인 뻔뻔함도 다르지 않았다. 환승 전용 라운지에서, 그러니까 절대 카타르에 발을 들이지 않을 손님들에게, 자국 동전을 내어주기로 한 카페 주인도, 영업을 마치고 돌아가야 할 집과 '영역'이 있을 테니까. 공항 안에 있지만 그들은 여전히 어딘가에 '소속'되어 있다.

가장 긴 비행이었다. 인천에서 도하까지 가는 것도 만만치 않은데, 도하에서 베오그라드를 향해 출발한 비행기는 중간에 터키 앙카라에서 일부 승객들을 내려준 후, 한 시간 정도를 머물렀다가 다시 이륙했다. 결국 인천에서 출발한 지 스물두 시간 만에, 베오그라드 공항에 도착했다.

낯설기로 따지면 도하보다 베오그라드가 더 심했다. 베오그라드 시내에서 마주치는 현지의 젊은 남자들은 모두 축구 선수처럼 생겼고, 나이든 남자들은 축구 감독처럼 생겼다. 내가 본 발칸 지역의 남자들은 모두 텔레비전에서 본 축구 선수들밖에 없으니 당연하다. 여자들은…… 그냥 여자구나, 싶은 생각만 들고 아무것도 연상되지 않는다. 발칸 여성들은 미디어에서조차 본 적이 없다. 그만큼 낯선 곳이었다. 불과 이십여 년 전만 해도 전쟁을 하고 있던 나라였다. 베오그라드 시내에는 폭격을 맞은 채 그대로 방치되고 있는 건물들이 많았다. 게다

건너오다

가 삼십 년 전까지 공산주의 블록 안에 있던 나라였다. 나는 그런 나라들에 대해서는 '공산주의 나라들, (그러니까) 나쁜 나라들'이라는 주장 외에 다른 정보는 아무것도 주어지지 않던 시절에 학교를 다닌 세대다. 어느 모로 보나 나랑은 가장 '멀리' 있는 나라들…… 익숙한 것이라고는 단 하나도 없었다. 베오그라드 시내를 돌아다니는 '무궤도 버스'(전차가 아니라 버스가 지붕 위의 전선에서 내려오는 전기를 동력으로 움직이는 것, 이라고 나는 이해했다)라는 것도 낯설고, 사람뿐 아니라 길가의 개들도 어딘가 내가 보아오던 개들과는 다르게 생긴 것 같고, 맥주 상표도 다르다. 그 공간 안에는 내가 '속했다'라고 내 멋대로라도 생각해볼 수 있는 접점이 전혀 없었다. 축구 감독처럼 생긴 할아버지 둘이서 공원에 앉아 장기를 두고, 그 뒤에 다른 축구 팀 감독처럼 생긴 할아버지들이 훈수를 두는 장면은 익숙하지만, 그들의 삶은 우리의 것과는 다른 장기짝만큼이나 낯선, 그런 나라, 그런 사람들의 땅에 도착했다.

잠이 든 것도 아니고 깬 것도 아닌 것 같은 멍한 상태로 베오그라드에서 하루를 지내고, 다음날의 목적지는 사라예보였다. 유고 연방으로 묶여 있다가 지금은 독립한 두 나라. 이제 베오그라드는 세르비아의 수도이고 사라예보는 보스니아-헤르체고비나의 수도이다. 두 나라, 혹은 민족의 종교 차이가 더 중요한데, 세르비아인들은 세르비아 정교를 믿고 보스니아인들은 이슬람교를 믿는다. 여기에 로마 가톨릭을 믿는 크로아티아까지 가세하면 이야기는 좀더 복잡해진다. 적어도 표면적으로는 그 종교의 차이가 20세기 후반 독립 후 이 지역의 비극을 낳게 된다.

사라예보 구시가의 식당에서 점심을 먹고 주변 구경을 했다. 관광의 중심지라고 할 수 있는 페르하디야 거리에서 가장 인상적인 것은 거리의 한 지점을 기준으로 이슬람 건축과 유럽식 건축양식이 정확히 나뉘고 있다는 점이었다. 1450년에 도시를 '건설'한 오스만 제국의 흔적과 1878년에 사라예보를 점령한 오스트리아-헝가리 제국의 흔적이다. 같은 거리에 이슬람 사원도 있고 가톨릭 교회도 있다. 박물관에서 문화권별로 전시실을 나누어놓은 것처럼 보이는데, 박물관이 아니라 상점과 식당과 노점상 들이 있는 삶의 현장이다. 그렇게 백 년 이상을 살아온 것이다. 다시 '소속'을 생각하지 않을 수 없다. 페르하디야 거리에서 '개인'은 존재할 수 없을 것 같았다. 정말 물과 기름이 나뉘는 것처럼 거리의 어느 한 지점을 기준으로 절대 '섞이지' 않고, 그렇다고 서로를 무너뜨리지도 않고 나란히 있는 두 공간. '소속'이 노골적으로 드러나는 그 공간에서 개인은 개인으로만 남을 수 없었을 것이다. 그렇게 생각하는 건, 그 도시가 불과 이십 년 전까지 '민족 분쟁'이라는 끔찍한 역사를 겪어야 했던 곳임을 알고 있었기 때문에, 어쩌면 그 사실만 알고 있었기 때문에 생긴 편견일 수도 있겠다. 그게 편견이었으면 좋겠다. 그렇게 나란히, 두 개의 다른 소속이 공존할 수 있는 거라고, 인간은 그렇게 평화롭게 지낼 수도 있는 거라고 사라예보는 말하고 있었다, 라고 쓸 수 있으면 좋겠다. 하지만 역사의 반증이 있지 않은가. 너무 가까운 역사가 그것은 평화로운 공존이 아니라 팽팽한 긴장

일 거라고 말해주고 있으니……

사라예보 다음으로 찾은 모스타르에는 유명한 다리가 있다. 보고도 믿을 수 없을 정도로 근사한 풍경이었다. 다리가 놓여 있는 강을 기준으로 한쪽은 이슬람 주민들이 사는 구역, 다른 쪽은 정교회 주민들이 사는 구역이다. 다리를 중심으로 한 관광지에는 기념품을 파는 상점들이 늘어서 있고, 다리 위에서는 수영복 차림의 청년들이 돈을 받고 다이빙을 하고(다이빙을 체험하게 해주는 것이 아니라 자기들이 한다. 그런데 돈을 받는다. 이상한 흥정이지만 어쨌든 그렇다), 다리 주변 상점 건물들의 외벽에는 여전히 총탄 자국이 남아 있다. 총탄들이 날아다녔을 1990년대 중반의 어느 시점엔가 그 다리는 한 번 폭파되었다. 1558년 오스만튀르크의 건축가가 세운 이 다리는 가장 아름다운 이슬람 건축물로 명성이 자자했다. 그 다리를 1990년대 보스니아 내전 당시 크로아티아 측에서 폭파해버렸다. 당시의 상황을 자닌 디 조반니Janine di Giovanni는 이렇게 전했다.

증오에서 비롯된 가장 큰 사건은 1993년 10월 9일에 벌어졌다. 크로아티아군이 모스타르의 오스만 시대 다리를 파괴한 것이다. 그들이 다리를 부순 것은 전략적인 이유에서가 아니라, 단지 무슬림이 그 다리를 아꼈기 때문이다. 엄청난 로켓들이 다리를 폭파한 후, 다리 오른쪽 마을에서 눈물을 흘리며 배회하는 노인 한 명을 만났다. 다리를 사랑했던 노인이 말했다. "두 차례 세계대전도 무사히 넘긴 다리란 말입니다.

얼마나 우리가 미웠으면 다리를 부쉈을까." 모스타르의 다리 동쪽에서 자랐지만 지금은 크로아티아군에 소속되어 옛 이웃과 친구들을 상대로 싸우고 있는 청년은, 다리가 무너지는 걸 직접 봤다며 이렇게 말했다. "폭파까지 할 이유는 없었습니다. 심리전이죠." 다리의 폭격은 (크로아티아) 두브로브니크가 폭격을 당한 직후에 이루어졌다.

— 자닌 디 조반니, 『눈에 보이는 광기—전쟁 회고Madness Visible—A Memoir of War』

어떤 일을 한다고 해서 내게 큰 이익이 생기지는 않지만, 그것이 상대에게 피해를 끼치고 '불편하게' 만든다는 이유만으로 그 일을 해버리는 마음, 누군가가 '싫다'라는 이유만으로 무언가를 하게 되는 그 마음의 움직임은 어떻게 생기는 걸까? 그들은 '삶이 전쟁이니까'라고 자신을 정당화할까?

모스타르 다리 폭격 직전에 이슬람 세력의 폭격을 맞은 가톨릭측 도시, 즉 모스타르 폭격의 직접적인 원인이 된 폭격을 맞았던 두브로브니크는 다음날의 행선지였다. 근사한 도시였다. 눈부시게 반짝이는 아드리아 해를 따라 늘어선 성벽은 어디를 찍어도 '그림'이었다. 이런 햇빛과 이런 바다를 앞에 둔 도시에 살고 있는 사람들이 어쩌다 그런 증오에 휘둘리게 된 걸까? 성벽 안 골목들을 넋을 잃고 구경하며 닥치는 대로 사진을 찍었다. 특별할 것도 없는 건물의 창문 세 개가 눈에

건너오다

들어왔다. 세 창문 모두 닫혀 있었다. 보들레르는 『파리의 우울』 황현산 옮김, 문학동네, 2015에서 이렇게 적었다.

"열린 창문을 통해 밖에서 바라보는 사람은 결코 닫힌 창을 바라보는 사람만큼 많은 것을 보지 못한다."

나는 두브로브니크의 닫힌 창문들 안에서 지냈던 사람들을 전혀 이해하지 못했다. 여행 직전에 읽은 안내서와 현지에서 산 책으로 접한 정보들은 온통 전쟁 이야기뿐이었다. 말하자면 전쟁은 발칸이라는 영역에서 나를 향해 열린 유일한 '창'이었다. 닫힌 창문들 안에 어떤 이야기들이 있는지 나는 알지 못하고, 일주일 동안 뭘 적극적으로 알아보려 하지도 않았다. 발칸의 지금을 보며 전쟁이라는 필터로만 보는 것도 선입견임을 안다. 다만 그렇게 열린 창을 통해서만 본 것들이 해준 이야기는, '소속되어 있음'이 지닌 폭력적인 가능성이었다. 발칸은 잘생긴 땅이었다. 산들은 위엄이 있고, 그 사이로 흐르는 강은 풍요롭고, 사이사이 보이는 평원은 기름지고, 아드리아 해는 눈부셨다. 그런 자연에 비해 사람들이 만들어놓은 풍경은 어두웠다. 짧은 여정이라 단정할 순 없겠지만, 나는 그 어두움이 '밖에서 주어진 정체성', 즉 소속이 지닌 어둠이 아닐까 생각했다. 어딘가에 소속된 느낌, 나보다 큰 어떤 것에 나도 소속되어 있다는 감각이 안정감을 주는 것은 분명하다. 하지만 그 안정감과 함께, 그 소속감이 늘 긍정적인 것은 아님을…… 인간이 만들어놓은 발칸의 풍경이 증언하고 있었다.

발칸에 대한 나의 인상이 잘못된 것이었으면 정말로 좋겠다.

보고서도 보지 못하는 것

태국 엘리펀트 네이처 파크가 답사 때만큼 덥지 않은 건 다행이었다. 함께 간 여덟 명의 아이들은 처음 맛보는 음식도 가리지 않고 맛있게 먹었고, 아무도 아프지 않았고, 한두 명을 제외하곤 코끼리를 무서워하지도 않았다. 아이들은 씩씩하게 코끼리에게 먹이를 주고, 목욕을 시키고, 각자 준비한 인사말을 전했다. 그리고 찰흙으로 코끼리를 만들었다. 발톱까지 꼼꼼하게 만져본 아이는 실제 사이즈의 코끼리 발을 만들었고, 쌍둥이 언니와 함께 온 아이는 두 마리의 코끼리가 서로 도와주는 모습을 표현했다. 막 바나나를 집어먹으려는 코끼리, 그래서 코만 큰 코끼리를 만든 아이와 인터뷰를 했다.

"어떤 코끼리예요?"

"눈이 한쪽만 보이는 코끼리. 근데 지금은 자서 감고 있어요."

"왜 눈이 없어?"

"공연하다가 송곳에 찔려서 눈이 빠졌어요."

"어떤 마음이 들었어?"

"참 슬퍼요. 근데요, 코끼리는 장기이식 수술 안 돼요?"

잠시 후, 아이가 아무렇지도 않게 덧붙였다.

"죽은 코끼리는 흙으로 들어가잖아요. 눈이 하나도 필요 없을 텐데, 뽑아서 이쪽 코끼리에게 다시 넣어주면 되는데……"

멈칫했다. 아이도 시각장애인이었다. 나중에 추리소설을 쓰는 작가가 되고 싶다는 아이, 제작진과 마주칠 때마다 소리가 나는 쪽으로 먼저 인사하는 아이였다. 넉 달 가까이 매주 만나면서 이젠 어느 정도 친해졌다고 생각했는데, 여전히 나는 아이의 세계에 대해 아는 것보다 모르는 것이 더 많았다. '사체에서 눈을 떼서 이식할 수 있음'을 이야기하는 열세 살 아이의 자연스러움이라니. 그건 늘 그런 생각을 머릿속에 담고 사는 사람만이 보일 수 있는 자연스러움이었다. 그런 평범하지 않은 상황이 자연스러워질 정도로, 보이지 않는다는 것은 큰 불편함이었던 것이다. 그러고 보니 아이는 이전 인터뷰에서 "아빠가 저 혼자 차에 두고 은행에 가서 무서웠어요"라고도 했다. 아빠가 없는 동안 혼자 차 안에서 '나쁜 사람이 들이닥치지는 않을까?' 두려워하면서, 혹은 식사를 도와주는 선생님이 자리를 비워 혼자 음식 냄새만 맡고 정작 먹지는 못한 채 기다리는 동안, 아이는 '얼른 안구를 이식받

앞으면 좋겠다'는 상상을 했을지도 모른다. 늘 밝기만 하던 청주맹학교 5, 6학년 아이들의 모습에 익숙해진 나는 '보이지 않는다'는 것이 얼마나 큰 불편함이고 두려움인지 잊고 있었다. 아이의 대답 앞에서 '눈'이란 단어 하나가 아이와 나에게 얼마나 다른 의미를 가지는지 아프게 확인할 수밖에 없었다.

같은 단어라도 서로 다른 상황에 있는 이들에겐 다른 의미를 지닌다. 어떤 이에겐 너무나 일상적이고 평범한 단어가 다른 이에겐 차마 입에 올리지 못할 정도로 아픈 단어일 수도 있다. '바늘' '손가락' '불' '바람', 이런 평범한 단어들에 세상의 사람 수만큼 많은 의미가 있을지도 모른다. 어쩌면 교육이란, 그렇게 서로 다른 개인의 언어들이 소통할 수 있게 만들어주는 과정일 것이다. 한 단어가 나와 다른 처지에 있는 이들에게 가지는 의미와 그 이유를 이해하는 상상력을 훈련하는 과정. 하지만 어떤 의미는 일반인으로서는 도저히 상상할 수 없는 벽 너머에 있어, 도저히 함께 느낄 수 없는 경우도 있다. 그런 벽이 있음을 인식하면, 상대를 이해해보려 정성을 다해 노력해도 넘을 수 없는 벽에 대한 경험이 쌓이면, 사람은 성격에 따라 냉소적이 되거나 겸손해진다. 그 아이와 인터뷰하기 전까지 나는 겸손하지 않았다. 청주맹학교 아이들이 태국에서 보여준 모습은 모두 나의 상상 밖이었고, 출발 전의 걱정은 오만이었다. 두 눈 멀쩡한 사람이 볼 수 없는 세상도 있다. 그 사실을, 앞을 볼 수 없는 아이들이 '보여'주었다.

'고쿠바 난코'라는 이름

일본에 있는 지인들과 휴가를 함께 보내기로 하고 적당한 장소로 오키나와를 골랐다. 이미 오키나와를 여러 차례 다녀간 지인들이 '살고 싶은' 곳이라 이야기했기 때문이기도 했고, 프로야구 팀의 전지훈련장으로만 알고 있던 나로서는 막연한 호감을 가지고 있기도 했다. 그게 다였다. 미군 기지가 있다는 것은 알고 있었지만, 메이지유신으로 일본에 편입되기 전까지 류큐라는 독립된(물론 새로운 왕이 즉위할 때마다 청나라 사신의 '인정'을 받아야 하는 속국에 가까웠지만) 왕국이었고, 2차 대전 중에는 일본에서 유일하게 지상전을 치른 지역이었으며, 종전 후에도 1972년 일본에 반환되기 전까지 일본 정부가 아닌 미군정을 받은 지역이라는 것은, 그곳에 머무르는 동안 새롭게 안 사실이다. 그러니까 사실상 청나라의 변방이었던 불안한 독립국 류큐는 일본의 속국이 되었다가, 전후 미국의 조차지였다가, 다시 일본에 편입되었다. 그곳은 늘 '주변'이었다.

당연히 그런 사실들과 상관없이 나는 휴가를 즐겼다. 수심 이십 미터 아래 바닥까지 보이는 맑은 바다에서 스노클링을 하고, 사람보다 다섯 배쯤 큰 상어가 있는 수족관을 보고, '에메랄드' 비치에서 해수욕을 하고, 유명하다는 맛집들을 찾아가며 맛있는 음식을 먹었다. 오키나와는 참 평화롭고 여유로운 섬이었다. 그렇게 보였다.

히메유리의 탑에 가보아야겠다고 생각한 건 귀국 전날이었다. 열세 살에서 열아홉 살 사이의 여학생 이백여 명이 전투에 '동원'되었다가 누군가는 폭격에 사망하고, 또 누군가는 미군에게 겁탈당하는 것이 두려워 집단 자결했다. 그렇게 죽은 여학생 수가 백삼십여 명이다. 귀국 비행기를 앞두고 한 시간 정도 짧게 히메유리 기념관을 둘러보고 돌아오는 비행기에서 '주변인'에 대한 생각을 떨칠 수 없었다. 주변인은 늘 희생당한다는, 주변의 개인들은 개인으로 받아들여지지 못하고 개념, 혹은 숫자로만 파악된다는 생각.

새로 생긴 신식 학교에서 수영과 활쏘기와 농구를 배우던 여학생들—아마도 엘리트였을 것이다—이 아버지 세대에, 우리가 너희를 지켜주겠다고 들이닥쳤던 일본 본토인들의 전쟁에 동원되었다. 빛이 들지 않는 석회암 동굴의 임시 군사 병동에서 부상당한 병사 및 동료 학생들의 절단된 팔다리를 동굴 밖으로 나르고, 상처의 구더기를 떼

어내고, 그들에게 물과 음식을 전하는 일을 하다가…… 패전이 확실해지자 집단 자결―이 역시 그들에게 어느 정도 '강요'되었을 것이다―했다.

기념관 안에 재현해놓은 임시 군사 병동. 빛 하나 들지 않는 그 동굴 속에서 두 달 가까이 생활을 하면 누구나 이성적인 판단은 하기 어려웠겠구나, 어쩌면 자결은 상당히 설득력 있는 '대안'이었겠구나, 하는 생각을 하지 않을 수 없다. 역시 기념관 안에 있는 '진혼의 방'에는 소녀 백삼십여 명 모두의 사진이 걸려 있고, 그 아래 이름도 있다. 숫자에 불과했던 여학생들은 그 방에서 비로소 영원히 개인으로 기억된다. 한 여학생의 사진 앞에서 발걸음을 뗄 수가 없었다. '고쿠바 난코, 13세.' 활짝 웃고 있다. 아마도 단체 사진에서 한 명 한 명을 떼어낸 것으로 보이는 그 사진 안에서 고쿠바 난코는 열세 살 소녀에게 어울리는 호기심 가득하지만 수줍은 미소를 짓고 있다.

스노클링을 했던 맑은 바다와 미군에게 공식적으로 인정을 받았다는 스테이크와, 바다 바로 앞에 있는 대단히 근사한 수족관들을 일단 제쳐놓고 오키나와 여행에서 단 하나만 기억해야 한다면, 그건 '고쿠바 난코'라는 고유명사여야 한다고 나는 생각했다. 그것이 닷새 동안 즐거운 휴가를 갖게 해준 오키나와에 대한 개인적인 차원에서의 감사이면서, 그렇게 다녀간 나 같은 사람들이 '주변인'들에 대한 예의를 잊지 않게 하는 것이 또한 오키나와의 역할이라고 믿기 때문이다.

고맙습니다, 오키나와.

건너오다

그 바람들은 다 이루어졌을까?

마카오의 아마 사원에는 향냄새가 진동을 한다. 중국 본토에서 온 관광객들이 저마다 향을 하나씩 피워 들고 소원을 빈다. 그 향들은 모두 같은 곳에서 불을 붙여 온 것이다. 향들이 꽂혀 있는 기다란 탁자 맞은편, 대야보다 조금 큰 항아리 그릇에 기름을 담고, 거기에 불을 붙인 심지를 띄워놓았다. 항상 켜두는 걸까? 아니면 사원이 문을 닫을 때 껐다가 다시 열면서 이 불도 피우는 걸까? 궁금했다…… 어느 경우든, 이 불로 향을 피워 소원을 빌었던 사람들의 바람이 얼마나 될지 생각해보면, 본의 아니게 '꽤 부담을 많이 지게 된' 불이다(각각의 불에게도 '본의'라는 게 있는지 모르겠으나, 아무튼 한 끼 저녁 돼지고기를 굽는 목적으로 피워진 불보다는 부담이 많지 않을까? 이 불은 바비큐 숯불을 부러

건너오다

워할까, 아니면 그런 숯불들 앞에서 거드름을 피울까?─'나는 너네랑은 차원이 다른 불이란 말이다!'─아님 잘 먹은 저녁 한 끼도 사원에서 비는 소원만큼 소중한 걸까?).

그나저나,

그 바람들은 다 이루어졌을까……?

마카오는 관광보다는 '한번쯤 살아보고 싶은' 도시였다. 살고 싶다, 라는 뜻은 아니고 말 그대로 관광보다는 생활이 어울릴 것 같은 도시라는 뜻. 대신 살려면 뭐에든 하나 중독(꼭 도박이 아니더라도)돼야 할 것 같았다. 그런 건 '생활'이 아닐 수도 있겠지만…… 굳이 말하자면 '일상적이지 않은 생활'에 어울릴 것 같은 도시?

숙소 근처 공원의 벤치에 노숙자가 자고 간 흔적으로 짐작되는, 구겨진 박스가 그대로 놓여 있었다.

그 노숙자는 그날 밤에도 그 의자에 돌아와 잠이 들었을까?

그 사람도 아마 사원에서 향을 피워 들고 소원을 빌었던 적이 있을까?

나는 내가 한 선택들의 합이다

"Excuse me, Where can I buy a ticket?"

정확한 워딩은 생각나지 않지만 이런 질문이었다. 나에게 물어보는 거였다. 샌프란시스코 도심의 파웰 가에서 케이블카를 기다리는 중이었다.

질문한 쪽을 보니 웬 동양인 여성이 서 있었다. 화장기 없는 하얀 얼굴에 염색한 것 같은 긴 갈색 머리, 전체적으로는 검은색 복장에 짙은 파란색 블라우스를 입고, 목에는 목도리를 둘렀다. 미인이다. 잠시 아무 대답도 못하고 그녀 얼굴만 쳐다보았다. 그렇게 오 초쯤 지났을까, 불쑥 우리말이 나왔다.

"저도 모르겠는데요."

대답을 들은 눈빛을 보니 그녀도 한국 사람이 맞는 것 같았다. 몇 마디 더 이어지고(무슨 말이었는지는 기억나지 않는다. "아까 지나가다 사람들이 케이블카 안에서 직접 돈을 내는 걸 봤다"(나), "전에도 탔었는데 어디서 표를 샀었는지 기억이 나지 않는다"(그녀) 등이었다) 우리는 나란히 서서 케이블카가 오기를 기다렸다. 학생인지 물어보았다. 직장인이라고 했다. 친구들은 없냐고 물었더니 혼자 왔다고 했다. 휴가를 낸 거냐고 하니 자기 사업을 한다고 했다. 주변의 이십대 후반 여성은 대부분 회사원 아니면 프리랜서, 혹은 백수이다보니, '사업'을 한다는 그 또래 여성은 또 처음이었다. 그러고 보니 그녀는 여행 온 사람 같지도 않았다. 뭔가 '들떠 있는' 여행객 일반의 분위기가 그녀에게는 느껴지지 않았다. 주변에 대한 호기심도 기대도 없는 듯 가라앉은 표정, 여행지에서 만난 사람치고는 의외였다. 그녀가 말했다.

"케이블카 종점에 가면 유명한 커피집이 있는데, 이게 그리로 가는 게 맞나 모르겠네요."

나는 가방에서 『론리플래닛』을 꺼내, 케이블카 부분을 펼쳐보았다. 샌프란시스코 파월 가에서 출발하는 케이블카는 두 가지 노선이 있다. 메이슨 가를 지나는 노선과 하이드 가를 지나는 노선. 지도를 보여주니 그녀는 자신이 말한 커피숍은 하이드 노선의 종점에 있는 거라 했다.

"그 카페는 뭐가 유명한가요?"

"세계 최초로 아이리시 커피를 만든 데래요."

"네…… 아이리시 커피."

"추억이 있어서요."

"그쪽으로 가는 케이블카가 와야 할 텐데요."

침묵.

나는 케이블카 안내 부분이 펼쳐진 『론리플래닛』을 들고 옆에 선 외국인 부부에게 물었다.

"Do you think we can pay on board?"

"Sure."

그녀에게 말했다.

"타서 내도 된다고 하네요."

"네."

다시 침묵.

케이블카가 도착했다. 다행히 하이드 가로 가는 노선이었다. 우리는 함께 올랐다. 날씨가 쌀쌀한 것 같아 물었다.

"안쪽에 타고 싶으시죠?"

"네, 괜찮으시면."

사진을 찍으려면 바깥에 타는 게 나았겠지만, 사실 나 역시 조금 춥기도 해서 함께 객차 안으로 들어갔다. 비좁은 케이블카 실내에 나란히 앉았고, 케이블카는 덜컹거리며 오르막길을 아주 천천히 오르기 시작했다. 그녀는 바깥 풍경에 큰 관심은 없는 것 같았다. 밖을 내다보기는 했지만 창밖으로 스치는 파월 가의 상점과 주택들을 바라보는

건너오다

그녀의 눈에는 호기심이 전혀 없었다. 이렇게 차분한 여행객도 있나 싶을 정도로. 그녀의 생각은 어디 다른 곳을 떠돌고 있는 것 같았다. 그럴 때 어떻게 행동하고, 무슨 말을 해야 하는지 나는 모른다. 그러니까, 우연히 미인과 나란히 앉아 어딘가로 향하는 동안, 그녀의 마음을 얻기 위해 어떻게 해야 하는지를 모른다는 뜻이 아니라(물론 그것도 모른다), 그 상황 자체에서 어떤 행동이 '매끈'하고 서로에게 자연스러운 행동인지를 모른다는 뜻이다. 가방에서 명함을 꺼내 건네며 말했다.

"이렇게 됐으니, 정식으로 인사라도…… 나쁜 사람은 아닙니다."

"어, 저는 급히 오느라 명함을 못 챙겨 왔는데."

"저도 만날 출장 나올 때 명함 까먹고 다녀요, 이번에만 챙겼네요."

"제 번호 적어드릴게요."

그녀가 내 명함을 한 장 더 받아서 자기 이름과 휴대전화 번호를 적어 되돌려주었다.

"피디시면, 출장 오신 거예요?"

"아니, 연수요."

"무슨?"

"그냥, 연수요. 여기 영상 제작자들이랑 만나서 강의 듣고 견학하고 뭐 그런 거."

"EBS 피디님들이요?"

"아뇨, 다른 방송사 피디들도 와 있어요. 아마 이 언저리에서 다들 돌아다니고 있을 거예요."

"무슨 프로그램 만드세요?"

"작년까지는 다큐멘터리 만들다가, 너무 힘들어서 올해는 쉬고 있어요."

순간 그녀의 얼굴에서 뭔가 반짝 스쳤다.

"진짜요? 저 텔레비전은 다큐멘터리랑 요리 프로밖에 안 보는데."

"네…… 저도 텔레비전 많이 안 봐요. 방송국에서 월급 받는데 이래도 되나 싶을 정도로."

침묵.

"근데, 제가 한눈에 딱 한국 사람처럼 보이나요?"

"음…… 한국 사람인 것 같다 생각했는데, 모자를 보고 아닐 수도 있겠다 했어요."

나는 파웰 가에 오기 전에 헤이트 가에서 산 페도라를 쓰고 있었다.

"우리 오빠가 어제 여기서 결혼했어요."

"아, 그래서 가족 대표로 오신 거구나."

"네."

"그럼 한국에서 한번 더 결혼식 하실 건가봐요."

"네. 우리 오빠 좋겠죠?"

"네, 뭐."

침묵.

"저 나가서 사진 좀 찍고 올게요."

"네."

다시 말하지만, 그런 상황에서 사진을 찍겠다고 혼자 나오는 게 적절한 행동이었는지는 아직도 확신이 없다. 어쨌든 케이블카를 타고 도심을 찍고 싶은 건 사실이었으니까 그냥 나온 거다. 언덕을 올라가는 케이블카에서, 그것도 앞쪽이 아니라 뒤쪽으로 나가면 멀어지는 풍경이 사실 그리 대단하지는 않다(제프 다이어의 소설 『파리 트랜스Paris Trance』에서, 아무 버스나 탄 후 맨 뒤에서 카메라를 들고 버스 노선을 따라 파리의 거리를 찍는 영화를 구상하는 청년들이 생각났다). 사진은 좋지 않았다. 이미 날이 저물어가고 있었던데다가, 케이블카 운전수로 짐작되는 오십대의 동양인 남자가 객차를 세우고 다시 출발할 때마다 커다란 쇠막대를 돌리는데, 이게 사진 찍는 데 꽤 방해가 되어서(사실 내가 케이블카의 운전을 방해하고 있는 형국이었겠지만) 많이 찍지는 못하고 다시 들어왔다. 서 있는 손님들이 꽤 있어서 그랬는지, 그녀는 내가 앉았던 자리에 다른 사람들이 앉지 못하게 가방을 반듯이 눕혀놓았다. 아무렇게나 놓지 않고 단정하게 눕혀놓은 마음이 반가웠다. 다시 자리에 앉았을 때 본인 역시 이것저것 찍고 있던 그녀가 물었다.

"이게 제 카메라가 아니라서 그런데, 수동으로 찍으려면 어떻게 하면 돼요?"

자동으로 설정되어 있는 카메라를 수동으로 바꾸어서 사진을 조금 어둡게 찍고 싶다는 이야기였다. 나도 처음 보는 기종이었다. 수동으로 맞춘 다음 조리개를 조절하는 것까지는 하겠는데, 그다음에 셔터 스피드를 조절하려면 어떻게 하는 건지 알 수가 없었다. 이 버튼 저 버튼 눌러보다 말했다.

"저도 여기까지밖에 모르겠네요."

"그래요?"

"저기요, 피디라고 다 직접 촬영하고 그러진 않거든요. 촬영감독이 따로 있어서…… 피디라고 다 아는 건 아니고요."

그녀는 웃지도 않은 채 다시 카메라를 받아들고 창밖 풍경을 찍었다.

침묵.

드디어 케이블카가 종점에 도착했다. 케이블카에서 내린 그녀가 바로 앞에 있는 카페를 가리키며 말했다. 그날 처음 들은 조금 밝아진 목소리. 살짝 웃었던 것 같기도 하다.

"여기예요."

부에나 비스타. 해변을 따라 난 도로 바로 앞에 있는 가게는, 아이리시 커피를 세계에서 맨 처음으로 시작한 집이 아니라고 해도 그 자체로 괜찮아 보였다. 창가에 앉으면 길 건너 종점에서 쉬고 있는 케이블카들이 보이고, 그 너머는 바다다. 그런 자리에 있는 카페라면 한참을 아무것도 하지 않고 앉아 있을 것 같았다. 그냥 사람이 지나가면 사람을 구경하고, 사람이 안 지나가면 종점에 서 있는 케이블카와, 종점 맞은편에 있는 붉은 벽돌로 지은 호텔의 창과, 그 너머의 바다를 멍하니 번갈아 바라보며 아무 생각이나 떠오르는 대로 하면 되는 그런 카페. 피곤한 일정을 마친 여행객이 저녁을 먹기에 딱 좋은 카페랄까. 마

침 해가 지기 시작해 풍경 전체가 파란색 필터를 끼운 것처럼 바뀌었다. 해가 지기 직전 십 분 정도 찾아오는 그런 특별한 빛 속에 우리는 있었다. 아마 그 순간 나는 일상에서 가장 멀리 떨어져 있었을 것이다. 낯선 장소, 낯선 빛, 그리고 낯선 미인과 함께 있는 그 순간이 샌프란시스코 일정 전체에서 가장 오래 기억될 것임을 이미 나는 알고 있었다. 여행을 하다보면 그 장소가 내게 선물을 주는 것 같은 기분이 들 때가 있다. 샌프란시스코에서는 그 순간이 선물이었다. 돌아보니 그녀는 카페 앞에서 사진(셀프 샷)을 찍고 있었다. 나는 그런 그녀를 찍었다. "이쪽 보세요~" 하고 불렀더니 그녀가 희미하게 웃으며 내 쪽으로 돌아보았다.

카페에서 우리는 창가 자리가 아니라 그녀가 좋아한다는 바에 나란히 앉아 저녁을 먹었다. 그녀가 하우스 와인을 시켰고, 식사를 마친 후에도 계속 와인을 마시며 우리는 이런저런 이야기를 이어갔다. 가장 친한 친구에게만 할 수 있는 이야기들이었다. 어쩌면 그렇게 낯선 장소에서 낯선 사람들에게 속내를 털어놓으려고 우리는 여행을 떠나는 것인지도 모른다. 그 '낯섦'이 일상에게 해주는 대답을 찾으러…… 그녀와 나도 그런 대답을 서로에게 기대하고 있었던 것일까. 과연 그녀는 서울에서 좋지 않은 일을 겪고 '정리'를 위해 아무 준비도 없이 무작정 샌프란시스코로 왔다고 했다. 나는 내가 해줄 수 있는 이야기를 최선을 다해, 정말 최선을 다해 해주었다. 그녀에게 도움이 될 것 같은 이야기들이라고 생각했는데, 지금 돌아보면 어쩌면 나도 나의 일상, 나

건너오다

의 이야기를 그녀에게 들려주고 싶었던 것인지 모른다. 그렇게 둘 다 서서히 취해가면서 우리는 이야기를 하고, 또 이야기를 들었다. 시간이, 정말 시간이 멈추고 다른 세계에 있는 것 같았다.

부에나 비스타를 알려주고 자기 이야기를 해주었던 그녀는 우리 일행이 예약해둔 버스를 타는 곳까지 함께 나와주었다. 헤어지기 전 그녀가 하이파이브를 하자며 손을 들었고, 그다음엔 내가 악수를 하자고 손을 내밀었다. 술 때문인지 아니면 이야기를 하고 나서 조금은 마음이 가벼워진 것인지 그녀는 택시 안에서나 헤어지는 자리에서 몇번인가 환하게 웃기도 했다. 나는 좋은 선물 감사했다고 인사를 하고 동료들이 먼저 탄 버스 쪽으로 걸음을 옮겼다. 가다가 뒤돌아보니 그녀도 마침 돌아보고 있었다. 다시 한번 손을 들어 인사를 했다.

케이블카를 타기 전에 나는 헤이트 가에서 모자를 사고, 리베카 솔닛의 신작 『멀고도 가까운』을 샀다. 그 책에 이런 문장이 나온다.

"어머니는 자신의 이야기를 할 때 대부분은 자신이 한 일이 아니라 자신에게 일어난 일들을 말했다."

자신에게 '일어난 일'들만 이야기하는 사람은 '책임'에 대해서 말하지 않는 사람이다. 이런 이들은 자신의 만족스럽지 않은 처지의 이유를 자신이 결정할 수 없었던, 혹은 결정하지 않았던 일로 돌린다. 나도 그런 사람이었다. 하지만 인간은—특히 어느 정도의 나이가 된 인간이라면—그 인간이 했던 선택들의 합이다. 마흔이 된 나는 비로소 그걸 깨달아가고 있었다. 샌프란시스코의 케이블카에서 우연히 미인을 만난 것은 나에게 '일어난' 일이었다. 와인을 함께 마시며 그녀의 이야기를 듣고 나의 이야기를 한 것, 부에나 비스타에서 나와 동료들이 기다리고 있던 약속 장소로 와서 그녀와 헤어진 것은, 내가 '한' 일이었다. 그건 나의 '선택'에 따른 것이었다. 다른 선택들도 있었을 것이다. 부에나 비스타 앞에서 헤어지는 대신 내가 버스를 타는 곳까지 따라왔던 그녀와 술을 한잔 더 했더라면 그날 받은 선물이 더 커지지 않았을까 하는 아쉬움은 그대로 또 어쩔 수 없다. 어떤 선물은 나를 위한 것이 아니기도 하다. 그리고 그건 내가 하거나 하지 않은 일 때문이다. 그 깨달음이 샌프란시스코가 내게 준 진짜 선물이다. 그러니까 '내가 지금의 나인 건 모두, 라고는 못해도, 대부분 나 때문'이라는 깨달음 말이다.

건너오다

기억은 일부러 마음에 새기지 않으면
남지 않는다

버려졌던 공간과 시간

오전 여덟시 삼십분 비행기는 누구에게나 힘든 것 아닐까? 여섯시 삼십분까지 공항에 가려면 다섯시 삼십분에 공항버스를 타야 하고, 그러려면 다섯시에는 집에서 나서야 한다. 전날 저녁을 함께 먹은 친구가 집에 와서 차를 한잔하고 사십대 초반이라는 나이에 대해 이야기하다가 나간 게 아홉시쯤. 친구가 돌아간 후 짐을 싸고 바로 잠들었다가 새벽 두시쯤 깨버린 나는, 그저 멍하니 누워 있다가 자리에서 일어났다. 움직이기가 싫었다. 연말연시의 소란함을 피해 있고 싶다는 게 이유였을 뿐, 굳이 규슈에 가야 할 적극적인 이유는 없었다. 무언가를 피하기 위해 나서는 여정은 늘 그렇게 미지근하다.

1일. 나가사키

나가사키에 대해 아는 건 거의 없었다. 2차대전 당시 히로시마에 이어 원자폭탄을 맞았던 도시라는 것, 그리고 나가사키 짬뽕 정도?

일본어를 할 줄 아는 지인들 없이 혼자 일본에 온 건 처음이었다. 나는 일본어를 전혀 할 줄 모른다. 말하자면 이번 여행은 '일본어 단어 열 개 정도로 일주일간 일본에서 버텨보기'라고 할 수 있었다.

나가사키 역 앞 코인 로커에 트렁크를 넣어놓고 가장 먼저 찾은 곳은 걸어서 삼십 분 정도 걸리는 대형 쇼핑몰이었다. 거기 관람차가 있었다. 이번에 일본에 오면 꼭 관람차를 타봐야겠다고 생각했다. 영화 〈진짜로 일어날지도 몰라, 기적〉에서 손자에게 부탁할 것이 있었던 할아버지가 손자와 함께 탔던 관람차. 두 명, 혹은 네 명까지 한 칸에 오르면 크게 원을 그리며 삼 분에서 오 분 정도 돌면서 주변 전망을 볼 수 있다. 평일 오후라 그런지, 아니면 정작 일본 사람들은 그걸 그리 즐기지 않는 건지, 어쨌든 손님이 거의 없어서, 전체 관람차에서 사람이 타고 있는 칸은 둘뿐이었다.

관람차 안은 고요했다. 사방이 유리로 되어 있어 고개만 돌리면 어느 쪽이든 탁 트인 전망이 드러났다. 천천히 돌아가는 관람차 안에서 그렇게 낯선 풍경을 내려다보면 어쩔 수 없이, 나 혼자 세상을 대면하는 느낌이 든다. 그 느낌이 특별히 나쁘거나 좋았다는 말은 아니다. 어차피 관계들이 소란스러워지는 연말을 피해 혼자 있겠다고 온 여행이니 불평할 것은 없었겠지만, 한편 생각해보면 그렇게 그저 혼자서, 모든 관계에서 벗어나 온전히 '나'만 남은 그런 나를 대면하는 것이, 두렵다기보다는 불안하기는 했다. 어찌 보면 그때까지 '대화'라고 할 만한 게 없었던 나의 하루는 온통 조용했다. 나는 생각했다. 조용한 것은 늘 쓸쓸한 것이냐고……

관람차에서 내려 쇼핑몰을 둘러본 후 다시 역 앞으로 돌아올 때는 노면 전차를 타보기로 했다. 전차를 타면 공간뿐 아니라 시간까지 이동한 것 같은 느낌이 든다. 자동차와도 다르고 기차와도 다른 울림에 반응하는 몸은, 그야말로 낯선 '흔들림'을 경험한다. 덕분에 여행을 와 있다는 것이 말 그대로 실감이 난다. 맞은편에 앉은, 갓난아기를 안은 젊은―거의 어리다고 해야 할 것 같은―부부가 눈에 들어왔다. 어리지만 묘하게 안정된 느낌이 드는 사람들이 있다. 그 부부가 그랬다. 아이 때문만은 아니고, 두 사람이 풍기는 분위기가 그랬다. 쇼핑몰에서 나가사키 역까지 십 분 남짓한 짧은 시간 동안 그렇게 나가사키 시민들 틈에 섞여 앉아 있었다. 아무도 내게 말을 걸지 않았고, 나는 한 정거장씩 지날 때마다 내가 내릴 곳까지 얼마나 남았는지 확인하는 데 집중했다. 사람들 틈에 있었지만, 혼자 탔던 관람차 안과 다르지 않았다. 나는 여전히 혼자서 내 바깥의 세상을 마주하고 있었다. 서울보다 따뜻한 나가사키의 햇빛이 전차의 창으로 비쳐 눈이 부셨다. 전차가 나가사키 역 앞에 도착했고 대부분의 승객들은 거기서 내렸다. 사실 조금 전부터 불안해하며 기다렸던 순간이었다. 처음 타는 전차였고, 전차를 타는 역에는 매표소가 없었다. 요금이 백이십 엔이라는 것은 알고 있었지만 어떻게 내야 하는지 모를뿐더러, 잔돈도 없었다. 이백 엔을 내고 거스름돈을 받아야 하는데, 돈을 어디에 넣어야 하는지, 거스름돈은 어떻게 받아야 하는지 전혀 몰랐다. 내가 앉은 자리는 내리는 문에서 멀지 않았는데(외국에서 대중교통을 타면 늘 출입구 근처에 자리를 잡는다. 목적지를 정확히 모르는 입장에서는 그게 안전하다) 먼저 내리지 않고, 사람들이 다 내리기까지 기다렸다. 열다섯 명쯤 되는 다른 손님들이 먼저 내리는 것을 지켜보며 혹시 거스름돈을 받는 사람들이 있는지 유심히 살폈지만, 다들 무슨 카드를 찍기만 하고 직접 돈을 내지는 않았다. 낭패였다. 어찌어찌 내 차례가 되었지만, 나는 그저 백 엔 동전 두 개를 들고 운전수만 멀뚱멀뚱 쳐다볼 뿐이었다. 운전수가 손가락으로 돈 통처럼 생긴 통을 가리켰다. 거기 동전 구멍에 백 엔을 먼저 넣고 나머지 백 엔을 넣으려는데, 갑자기 운전수가 거기가 아니라는 듯이 손을 뻗어 나를 제지하려 했다. 하지만 이미 두번째 동전이 들어간 뒤였고, 통 아래쪽의 거스름돈 나오는 곳에서 동전들이 쏟아졌다. 그게 거스름돈이려니 하고 집어들고 전차에서 내리는데 운전수가 불러 세웠다. 뭔가 잘못됐고, 나는 이미 전차에서 내렸다. 차에서 내린 채 운전수에게 손바닥을 펼쳐 보이며 내가 챙긴 동전들을 보여줬지만, 운전수는 계속 뭐라고 했다. 나는 '계산을 못하겠으니 당신이 알아서 요금만큼 갖고 가세요'라는 말을 최선을 다해 눈빛에 담아 운전수를 쳐다볼 뿐인데, 운전수는 돈은 안 가져가고 계속 뭐라고 말만 했다. 하나도 못 알아들었다. 그래서 거스름돈이 맞나보다, 하고 돌아서

서 가는데 운전수가 "오마에 상!" 하고 부르더니 계속 뭐라고 했다. 나로서는 '요금만큼 갖고 가시라고요!'라는 말을 좀더 절박한 눈빛에 담으려고 애쓸 뿐이었다. 그때 전차에서 맞은편에 앉아 있던, '어리지만 성숙해 보이는' 부부 중 부인이 살짝 미소를 지으며 내 손바닥에서 백이십 엔만큼 집어서 돈 통에 다시 넣어주었다. 조심스럽지만, 한편으로는 재밌다는 듯이 동전을 하나하나 집어가는 그 손가락의 움직임이 어리지만 성숙한 그녀의 특징을 그대로 보여주는 것 같았다. 고맙다는 인사도 못 하고, 돌아서서 그대로 육교를 올라갔다. 나중에 생각하니, 나는 요금을 넣은 게 아니라 내가 가진 이백 엔을 더 작은 돈으로 바꾸었을 뿐이었다.

다음 목적지는 26성인 순교기념탑과 성당이었다. 나가사키 역 앞에서 성당을 가려면 일단 역 맞은편 오래된 상점들이 있는 좁은 골목을 지나 언덕길을 올라가야 한다. 오십 미터쯤 되어 보이는 2차선 골목 양쪽으로 늘어선 가게들은 세월이 느껴져서 보기가 좋다.

26성인 순교기념탑은 1597년 도요토미 히데요시의 천주교 박해 때문에 순교한 26인의 성인을 기리는 곳이다. 26인의 순교자 한 명 한 명의 전신상을 부조로 새겨넣은 커다란 기념탑이 있고, 그 옆에 하늘을 향해 두 팔을 뻗고 있는 것 같은 모양의 성당도 있다. 인물들의 부조상에서 가장 인상적이었던 건 26인의 순교자 중에 어린이가 세 명 끼어 있다는 것과, 인물들의 발이 발판에서 조금 떠 있어서 말 그대로 이 세상을 떠나 천국으로 가는 순간을 포착한 것 같은 느낌이 든다는

건너오다

점이었다. 그래서인지 인물들 모두가 한없이 가벼워 보인다. 순교의 순간 세상에 대한 미련을 모두 놓아버렸을 그들의 가벼움……

그나저나 세 명의 어린이는 어쩌다가 순교하게 되었을까? 그 아이들에게도 이미 세상의 삶이 무거웠던 것일까? 답을 얻고 나면 고문의 고통 따위는—듣기로는 꽤나 잔혹했다고 한다—느낄 수 없는 것일까? 부러웠다. 답을 얻었다고 해도 고문의 고통까지는 견딜 자신이 없는 나로서는 그 '확신'이 부러울 따름이었다. 그 확신의 옳고 그름에 상관없이, 그 정도까지 자신에 대해 확신할 수 있는 마음의 상태는 늘 부럽다. 예상치 못했던 일들은 늘 갑자기 생기곤 했고, 세상에는 나의 짐작 밖에서 결정되는 일들이 너무 많았다. 이제는 '이만하면 됐다'라는 생각은 죽을 때까지 들지 않겠구나, 라고 생각한다. 문제들은 계속 생길 것이고, 그때마다 나는 그걸 해결하느라, 해결이 되지 않는 문제라면 그걸 받아들이느라 얼마간 속 썩을 것이다. 그게 너무 무겁게 느껴질 때면, '순교'를 할 만한 확신이 앞으로도 생기지 않을 것 같은 나는 또 잠시 내려놓고 훌쩍 외국으로 여행이나 나올지도 모른다. 어쩌면 그사이 문제가 해결돼 있기를 바라면서……

거기까지 생각하다 문득 '순교'라는 것이 다른 시각으로 보이기 시작했다. 그러니까 그건 어떤 현재를 그 상태로 고정시켜버리고 싶은 마음일 수도 있겠다는 생각. '이만하면 됐다'는 최종적인 답이 인생에서 주어지지 않는다면, 그 답도 시간이 지나면 짐작지 못한 다른 문제들 때문에 흐릿해지는 거라면, 그 답이 이제 막 주어졌을 때, 그래서 아직은 그 '충만함', 정말로 '이만하면 됐다'라는 생각이 주는 뿌듯함에 황홀하던 그 순간에 시간을 멈춰버리는 것이 순교가 아닐까? 그건 자신이 답으로 삼은 어떤 진리에 대한 긍정이면서, 한편으로는 그 답이 답이 아닐 수도 있겠다는 생각, 그리고 그런 생각이 들 수밖에 없게 만들 앞으로의 삶, 새로운 문제를 가득 안고 있을 그 복잡한 삶에 대한 '독한' 부정이기도 하겠다. 자신이 얻은 답이 너무나 소중해서 그 답을 의심하는 것은 상상도 할 수 없을 때, 그런 상황을 맞이하는 것보다는 지금 이 충만한 감정 그대로의 현재를 고정시켜버리는 것이 더 낫다(순교자의 의지와 상관없이 순교의 결과는 늘 그렇다)는 판단……그렇게 생각하니 그 무시무시한 고문의 고통을 견디다 결국 목숨을 놓아버린 성인들이 인간적으로 이해가 되면서 조금은 더 가깝게 느껴졌다. 조각상 안의 성인들의 모습이 '가벼워' 보였던 건 그런 이유에서였다.

2일. 나가사키

이튿날에는 데지마와프를 구경하고 나가사키 짬뽕을 먹고, 모자를 하나 샀다. 시내를 돌아다니고, 서점과 백화점과 전자제품 가게를 돌아다니며 물건을 구경하고, 다리가 아프면 근처에 있는 카페에 들어가 커피를 마시며 마쓰모토 세이초의 『일본의 검은 안개』를 읽었다. 늦은 오후가 될 때까지 대화는 한마디도 나누지 않았는데, 카페 주인인 아주머니가 말을 걸었다.

건너오다

"나가사키에 사는 분입니까?"

"한국에서 왔습니다."

그다음에 아주머니가 반가워하며 뭐라고 하는데, 처음에는 못 알아들었다. 아주머니가 천천히 영어를 섞어가며 자기 딸이 한국에 있다고 했다.

"아, 그렇습니까?"

할말이 없어서가 아니라 일본말로 어떻게 이야기를 해야 할지 몰라서 더이상의 대화는 없었다. 그렇게 아주머니도 말이 없고, 나는 새로 산 모자와 노트와 나가사키 시내 지도를 놓고 커피를 마시며 창밖을 구경했다. 밖에는 연말을 맞아 쏟아져나온 건지, 원래 번화가라서 그런지 사람들이 분주히 지나갔다. 다시 관람차 안에서(거기서도 유리창 밖으로 세상이 보였다)처럼, 모든 관계에서 벗어난 '나'만 있었다. 가게가 이층이어서 그랬던 걸까? 문득 언젠가 부산영화제를 찾은 허우 샤오시엔 감독이 마스터클래스에서 했던 이야기가 생각났다. 어린 시절 친구들과 동네에서 가장 큰 집에 있던 사과나무(사과가 아닐지도 모른다)에서 사과를 서리했던 이야기였다. 다른 친구들은 나무에 올라가 사과를 딴 다음 내려와서 다른 곳에 가서 먹었는데, 어린 허우 샤오시엔 감독은 혼자 나무 위에서 사과를 다 먹고 내려왔다고 했다. 그렇게 나무 위에서 사과를 먹으며 내려다보는 세상이 좋았다고……

나가사키에서 가장 번화하다는 간코도리의 시장통 안 이층에 있는 카페에서 창밖을 내다보고 있으니, 허우 샤오시엔 감독이 사과나무 위에서 느꼈다는 감정이 뭔지 알 것만 같았다. 세상에서 떨어져나온 느낌, 온전히 나 혼자서 세상과 대면하고 있는 느낌…… 관계에서 벗어나 바라보는 세상은 그대로 좋아 보였고, 내가 그 안에 있고 없고 따위는 전혀 영향을 끼치지 못하는 것 같았다. 그렇게 떨어져나온 나도 나쁘지 않았다. 카페는 조용하고, 커피는 맛있고, 마쓰모토 세이초의 글은 재미있었다. 각자 그렇게 서로에게 불만이 없는 세상과 나…… 시간이 멈춘 것 같았다. 그대로 세상이 멈춘다고 해도 딱히 나쁠 건 없을 것 같았다. 허우 샤오시엔 감독이 나무 위에서 먹은 사과도 꽤나 맛있었을 것이다.

3일. 사세보

여행에서 군이 성당이나 교회, 절 같은 곳을 찾아다니지는 않지만, 사람들이 경건해지는 공간 자체는 꽤나 좋아하는 편이다. 사세보 역 건너편에 유명한 미우라초 성당이 있다. 2차대전 당시 공습을 피하기 위해 일부러 눈에 잘 띄는 흰색으로 칠했다는 성당. 큰길 바로 옆 언덕에 있는 성당에 가려면 삼단으로 된 가파른 계단을 올라야 한다. 산속에 있는 절이나, 성당으로 향하는 계단을 오를 때마다 느끼는 거지만, 그 짧은—어떤 절 같은 경우는 꽤 길기도 하지만—시간 동안의 육체의 고단함은, 성스러운 곳에 들어가기 전에 스스로의 마음을 다스리는 역할을 하지 않을까, 하는 생각이 든다. 제도 혹은 양식으로 굳어진 어떤 공간이나 의식에는 종종 그런 정교함이 숨어 있기도 하

건너오다

니까. 어쨌든 그렇게 계단을 올라가면 나오는 성당은 생각보다 작았다. 오래되었다는 것만 제외하면 '시시하다'고 할 수도 있을 것 같다. 그래도 올라왔으니 사진은 찍기로 했다. 카메라를 들고 건물을 이리저리 돌며 사진을 찍고 있는데 육십대로 보이는 할아버지 한 분이 다가왔다. 나를 제외한 다른 관광객은 없었다. 할아버지는 차림—운동복 바지에 상의도 그냥 작업복이었다—으로 보아 신부님은 아닌 것 같고, 그렇다고 성당이랑 아무 상관이 없는 사람도 아닌 것 같았다. 그분이 뭐라고 말을 걸었다. 당연히 못 알아들었다.

"한국 사람입니다."

"아…… 에고와…… 잉글리시?"

"어 리틀……"

"포토그래피, 오버 데어…… 굿 포토그래피."

할아버지가 알려준 자리로 가서 보니 과연, 그 성당 사진을 한 장만 찍으라면 거기서 찍어야 할 것 같은 자리였다. 사람들이 떨어지지 않게 쳐놓은 펜스에 기대서 사진을 찍는 동안 할아버지는 옆에서 내내 흐뭇한 표정으로 지켜보았다. 할아버지에게 사진을 보여드렸다. 할아버지도 만족스러워했다. 사실 어떤 사진을 보여줬어도 사람 좋은 웃음을 지어 보였을 것 같기는 하다. 할아버지가 물었다.

"사세보에서 주무십니까?"

"아닙니다. 나가사키에서 잡니다."

할아버지가 성당 마당의 성모상을 가리키며 아쉬운 듯 말했다.

일본 규슈 ┃ 버려졌던 공간과 시간

189

"크리스마스 장식을 했는데, 밤에는 더 보기가 좋습니다."

"아, 네……"

"성당 안도 보시겠습니까?"

안내판에는 미사 시간이 아니면 내부는 공개하지 않는다고 되어 있었는데, 의아하게 생각하며 할아버지를 따라 성당 안으로 들어갔다. 신발을 벗고, 익숙하게 성수반에서 성수를 찍어 성호를 긋는 할아버지는 과연 성당이라는 공간이 꽤나 자연스러운 사람인 것 같았다. 나는 할아버지의 호의에 답을 해야 한다는 마음으로 상당히 진지한 표정으로 천장과 제단 따위를 구경했다. 밖에서 본 것처럼 내부도 그렇게 인상적이지는 않았다. 안에는 할아버지 외에 장의자의 방석이나 바닥 등을 정리하는 직원이 한 명 더 있었다. 할아버지가 내게 물었다.

"크리스천이십니까?"

"아닙니다. 저희 어머니는 크리스천이십니다."

할아버지는 처음에는 '마더'를 못 알아들었다. 몇 번 이야기했더니 "아, 마마!" 하고 알겠다는 듯이 말했다. 그러고는 덧붙였다.

"괜찮습니다. 누구든 올 수 있습니다."

'누구든 올 수 있습니다.' 할아버지가 한 영어는 "Everybody is welcomed"였다. "모두 환영입니다." 정말로 사세보에서 춥고 배고프면 언제 찾아가도 따뜻하게 맞아줄 것 같은 할아버지의 그 말이 오래 남았다. 소란스럽다는 이유로 모든 관계들을—따지고 보면 찾을 사람이 많지도 않겠지만—잠시 내려두기로 하고 일본으로 온 나는, '기본적인 나'만 남은 상태였다. 밥 먹을 곳을 찾아야 하고, 잠자리 고민을 먼저 해결해야 하는 가장 '기본적인 나'를 환영해준다는 말이 꽤나 반가웠던 건, 모든 것을 털어낸 다음에 남는 내가 어떤 모습일지 걱정하지 않아도 된다는 뜻이기 때문이었다. 모든 여행은 그 말, '너는 괜찮아'라는 말을 듣기 위해 떠나는 것 아닐까? 여행에서 겪는 낯선 이의 친절이란, 한 번의 친절한 행위보다 훨씬 깊은 의미를 가지기도 한다.

4일~5일. 후쿠오카/고쿠라

후쿠오카에서 고쿠라행 기차에 오른 건 12월 31일이었다. 애초에 새해를 낯선 곳에서 한번 맞아보겠다고 나선 여행이었다. 사람들을 싫어하지 않지만, 사람들과 잘 사귀는 법을 모르는 인간은 달력 빽빽이 일정을 기록하며 마치 밀린 숙제하듯 주변 사람들을 연일 만나는 연말이 불편할 때도 있다. 그건 싫다기보다는 뭐랄까, 내가 잘 못하는 일이니 반갑지 않다는 정도다. 그리고 나이가 들수록 못하는 일을 어떻게든 잘해보고 싶다는 쪽보다는, 그저 잘하는, 혹은 못하지 않는 일들이나 잘 지키며 지내자는 쪽으로 몸과 마음이 기울어간다. 침묵은 반갑지 않지만, 잘하지도 못하는 일들을 흉내낼 때의 어색함보다는 낫다. 침묵의 시간엔 책을 읽는다. 재미있는 책들은 내가 죽을 때까지 끊임없이 새로 나올 테니 걱정하지 않아도 좋다. 그해 가을에 발견한 마쓰모토 세이초도 그렇게 '툭' 튀어나온 작가였다. 고맙게도 많이 써주기까지 했다. 마쓰모토 세이초의 집이 고쿠라였다는 건 일본에 오고 나서야 알았다. 가보지 않을 수 없었다. 마쓰모토 세이초 기념관이 아니었다면 고쿠라에는 굳이 올 이유가 없었을 것이다.

그런데 기념관이 휴관이었다. 연말을 맞아 이틀 동안 휴관이란다. 별 감흥도 없는 고쿠라 성을 맨 위층까지 올라가보고 공원을 한 바퀴 돌다가 어린 고양이 한 마리를 만났다. 먼저 다가오는 것을 보니 사람들에게 꽤나 익숙한 녀석 같았다. 배가 고팠는지, 가방 안에 있던 과자를 내어주니 후다닥 먹고 더 달라는 듯이 빤히 쳐다봤다. 하나 더 내주고 고양이랑 조금 놀다가 문 닫힌 마쓰모토 세이초 기념관의 사진을 찍고, 길 건너 쇼핑센터에서 필요하지도 않은 야상을 60퍼센트 할인된 가격에 샀다. 다시 강을 건너와 강변에 있는 커피숍에서 기차 시간까지 기다리기로 했다. 그때는 몰랐다. 그것이 다음날까지 이어질 '휴관'의 연속이 될 줄은.

애초에 연말연시를 맞아 여행을 떠난 것이 잘못이었을까? 후쿠오카로 돌아온 다음날 후쿠오카 돔을 찾았다. 야구 시즌이 아니므로 야구장이 문을 닫은 것은 그렇다 치고, 옆에 있는 오사다하루(왕정치) 기념관도 문을 닫았다. 바로 옆 모모치 해변에 있는 아웃렛의 상점들도 모두 문을 닫는 바람에 커피는 공원 한쪽에 있는 간이 건물 같은 패스트푸드점에서 마셨다. 버스를 타러 나오는 길에 있는 후쿠오카 시립박물관도 문을 닫았고, 미리 봐둔 예쁜 시계를 하나 사러 들른 하카타

역의 도큐핸즈도 여섯시 이후엔 문을 닫아버렸다.

문을 닫은 건물들이 모두 "네가 이상한 거야"라고 말하는 것 같았다.

6일. 나가사키

다음날 돌아온 나가사키도 형편이 다르지 않았다. 1월 2일, 귀국 하루 전이었다. 상점들이 문을 닫은 바람에 평소보다 더 한적하고, 더 비현실적인 네덜란드 언덕을 혼자 걸었다. 문득 허진호 감독의 〈호우시절〉의 한 장면이 떠오른 건 왜였을까? 보는 이를 압도하지 않지만, 그렇다고 심심하지는 않아서 나름 걷는 재미가 있는 길이라면, 한때 마음을 품었던 남녀, 혹은 이제 막 연애를 시작할 수도 있을 남녀가 함께 걸으며 자신들의 이야기를 남 이야기처럼 툭툭 주고받기에 적당할 것 같았다. 서로에 대한 기대와 그 기대만큼의 불안함으로 어색하지만, 애정이 담긴 몸짓과 가끔씩 내뱉는 둘 사이의 말은, 내용에 상관없이 모두 질문이기도 할 대화들은, 거기 산책로에만 남아 그곳을 나온 두 사람은 마치 그런 대화는 없었다는 듯 앞으로의 생활을 할 수 있을 것 같은 그런 공간, 이라고 하면 설명이 될까? 햇볕이 적당히 따뜻했다.

원래 귀국 전날 오후에는 일주일 동안의 여행을 정리하는 글(그러니까 지금 이 글)을 쓸 계획이었다. 적당한 카페도 데지마와프에서 미리 봐놓은 상태였다. 그런데 그 가게도 문을 닫았다. 전날 읽은 리베카 솔닛의 문장이 생각났다.

그것은 버려진 풍경이었다. 먼저 무관심과 폭력에 의한 버림이 있고, 그 런 다음 더욱 적극적인 버림을 받고 나면 그곳은 폐허가 된다.

— 리베카 솔닛, 『길을 잃는 것에 대한 실전 가이드 A Field Guide to Getting Lost』

　상점들이 모두 문을 닫아버린 나가사키의 도심을 폐허라고 할 수는 없었다. 아무도 그곳을 '버리지' 않았다. 폐허는 오히려 나의 마음 속 정경이었다고 해야 할 것이다. '버리다'라는 단어는 어쩌면 그 말을 처음 들었을 때의 어감만큼 잔인한 말은 아닐지도 모른다. 리베카 솔 닛의 말처럼 버림은 어쩌면 무관심의 동의어에 불과할 수도 있다. 그 건 '(버림받는 대상에 대한 악의를 품고) 망가뜨리다'의 의미보다는, '적극 적으로 지켜주거나 돌보지는 않는다'의 의미에 가깝다. 그러니까 누군 가에게 버림받았다는 것은, 그 사람이 나에게 악의를 가지고 있다는 것이 아니라 내가 그 사람의 '적극적인 관심의 대상'이 되지 못했다는 것뿐이다. 적극적인 관심 혹은 애정을 받지 못한 채 방치된 것들이 시 간이 지나면 폐허가 된다. 상점들이 문을 닫은 나가사키의 도심에서 나의 마음이 '폐허'라고 느낀 것도 바로 그런 의미에서였다. 소란스러 움을 피해 떠나온 여행이라고 스스로 생각하고 있었지만, 그렇게 스 스로 떠나온 것이라고 생각하는 사람들 중 얼마나 많은 사람들이 실 제로는 버림받은 사람들일까? 나는 아니라고 할 수 있을까?

나가사키라는 도시 자체가 그런 의미의 '버림'을 한 번 받은 적이 있다. 일부러 여행 마지막날에 찾은 원폭기념공원에 있는 안내판에 다음과 같은 설명이 있었다. 2차대전의 끝 무렵, 일본에 떨어진 두번째 원자폭탄의 일차 목표는 나가사키가 아니라 공업지대였던 기타큐슈였다. 하지만 폭격 당일 기타큐슈 상공에 구름이 많아 육안으로 정확한 폭탄 투하 지점을 확인할 수가 없었다(그 당시는 아직 조종사가 육안으로 목표물을 확인한 후 폭탄을 투하하던 시절이었다). 결국 미군은 목표물을 바꿔 나가사키에 두번째 폭탄을 투하했고, 십육만 명이 넘는 사망자는 '예정에 없던' 죽음을 맞이해야 했다. 아무도 그 십육만 명을 '적극적으로 지켜주지' 않았다는 의미에서, 그들은 버림받았다. 연애에서 버림받은 것 따위에 비할 바가 아니다. 어떤 버림은 그렇게 수많은 사람들의 목숨을 앗아가기도 한다. 세상은 원래 그렇게 무심하다. 자연도 무심하다. 그러니 크게, 한 인간의 일생보다 훨씬 큰 시간의 흐름에서 생각하면 버림받은 것 자체를 아쉬워할 일은 아니다. 그렇게 큰 우주에선 결국 모두가 버림받는다.

버림받은 것이 아쉽다면, 그건 인간이 무심하지 않다고 믿기 때문이다. 나가사키 원폭기념공원에는 폭격을 받은 성당에서 떼온 기둥이 하나 서 있다. 폭격을 받기 전에는 아시아에서 가장 큰 성당이었다는 우라카미 성당의 잔해를 그대로 옮겨놓은 것이다. 그건 무심하지 않은 인간이 '적극적으로 지켜주지 못했던 것들'에 대한 미안함과, 앞으로는 그런 무심함에 희생되는 사람들이 없게 하겠다는 약속을 담아 세

건너오다

운 기념물처럼 보였다. 물론 기억이나 약속 같은 것들은 때론 너무 무력하다. 다시 무심해질 수밖에 없는 경우는 또 생길 것이고, 그때 그 약속이나 기억의 무력함은 여실히 드러날 것이다. 역사는 반복된다는 말은 어느 정도는 사실인 것 같다. 하지만 역사는, 아무리 느린 속도라고 하더라도, '기억'과 '약속'의 힘을 조금씩 더 믿어보는 방향으로 진행되어왔다는 것도 부정할 수 없는 사실이다.

개인의 삶도 마찬가지일까? '진보하는 역사'에 대한 이야기로 연말연시에 버림받은 것 같은, 폐허가 된 것 같은 나의 상태를 위로할 마음은 없다. 다만 원폭기념공원의 안내문을 읽고 나니, 그러한 폐허를 겪었던 나가사키가 육십 년 가까이 지난 지금, 아주 예쁘고 단정한 모습을 되찾은 것이 반가웠던 것만은 사실이다. 폐허가 된 도시를 다시 살아가야 했을 사람들이 대단한 열정을 가지고 도시를 재건했을 것이라 생각하지는 않는다. 그저 살아 있으니, 그 폐허 위에서 할 수 있는 것들을 하나씩 하나씩 해왔을 뿐이다. 삶도 마찬가지다. 나의 상태가 폐허라면, 한 번에 그 폐허를 흔적도 없이 말끔히 날려줄 일, 혹은 사람은 없을 것이다. 그저 지금 할 수 있는 일, 지금 함께 이야기할 수 있는 사람들에게 정성을 다하는 것밖에 없다…… 그렇게 '지금 할 수 있는 것들'만 생각하기로 하고, 돌아가서 연락할 사람들을 떠올리며 호텔로 돌아오는 길에, 그들에게 전해줄 카스텔라를 샀다.

건너오다

사람의 몸은 접촉을 필요로 한다

라이프치히에 도착했을 때는 밤 열시가 넘어 있었다. 원래 그 시간에 도착할 예정은 아니었다. 나는 오후 여섯시쯤 도착해서 여유 있게 짐을 풀고, 여유 있게 라이프치히 국제도서전을 구경하거나 호텔에서 푹 쉬다 저녁식사를 할 생각이었다. 그런데 저가 항공사, 한국에서 미리 예약을 하고 왔던 이름도 들어보지 못했던 저가 항공사의 항공권이 문제였다. 샤를 드골 공항에서 오후 네시 삼십오분에 출발 예정이던 비행기가 오후 아홉시 이십분에 출발한다고 했다. 그 이야기를 공항에 가서야 들었다. 따질 수 있는 항공사 직원은 아무도 나와 있지 않았고, 출발 시간 변경을 알려준 공항 직원은 자기도 이유는 알 수 없다고 했다. 그때가 오후 두시쯤 되었으려나.

일곱 시간이다. 그런 식으로 시간이 비어버리는 건 여행중 가장 기운이 빠지는 일이기도 하다. 그런 때는 왜 또 그렇게 시간이 느리게 흘러가는지…… 책을 보고, 뭘 끄적거리고, 공연히 공항 이곳저곳을 기웃거려봐도 시간은 좀처럼 흐르지 않았다. 지난 사흘 동안의 피로가 한꺼번에 몰려오는 것 같았다.

밤늦게 도착한 후 죽은듯이 자고 다음날은 라이프치히 도서전 구경을 했다. 주로 독일어권의 서적을 소개하는 도서전은 규모가 크지는 않아서 두어 시간 만에 다 둘러볼 수 있었다. 점심을 먹고, 이번 여정을 함께했던, 하지만 파리에서 라이프치히로 올 때는 나보다 먼저 제시간에 다른 비행기를 타고 왔던 출판사 사장님이 어디 가보고 싶은 곳이 없냐고 했다. 딱히 가보고 싶은 곳은 없었지만, 한 군데만 들른다면 활자박물관에 가보고 싶었다.

2차대전 후 동독에 편입되면서 프랑크푸르트에 밀리기는 했지만, 그전까지만 해도 라이프치히는 독일의 법률 및 출판 관련 중심지였다(해마다 4월에 열리는 라이프치히 도서전도 그런 '전통'을 이어보려는 노력이다). 활자박물관에는 15세기부터 지금까지 사용된 제책 관련 기계들이 모두 전시되어 있고, 그 기계들은 모두 지금도 작동된다. 입장료를 내고 이층으로 올라가면 '마이스터'께서 실제로 납을 녹여 활자를 만드는 시범을 보이고, 그렇게 만들어진 바늘보다 조금 굵은 크기의 활자는 기념품으로 준다. 같은 방에 있는 다른 기계들도 모두 실제로 써볼 수 있게 되어 있다. 베틀처럼 생긴 기계의 수많은 홈 안에 활자들이 차곡 차곡 분류되어 들어가 있고, 인쇄공이 타이프라이터의 자판처럼 생긴 문자판을 치면 해당되는 글자들이 하나씩 내려와 문장이 만들어졌다가, 아마도 '엔터'에 해당하는 키를 누르면 그렇게 모였던 활자가 다시 흩어져 원래 있던 칸으로 쏙쏙 되돌아가는데, 외부 동력 없이 그렇게 완결성 있게 돌아가는 기계는 아무리 오래 지켜봐도 지겹지가 않았다. 책 좀 읽는 집안에는 하나씩 있었다는 '가정용' 인쇄기도 보였다. 재봉틀보다 조금 작은 기계에는 손잡이가 달려 있고, 거기에 연결되어 있는 납작한 판에 '원판'을 얹은 다음 그 아래 종이를 놓고 손잡이를 돌려 '꾹 눌러서' 인쇄를 하는 방식이다. 당연히 관람객들도 한 번씩 직접 찍어볼 수 있게 해준다. 빈 종이를 놓고 손잡이를 돌려 원판을 누르면 부엉이 모양이 찍혀 나온다. 손잡이를 돌려 누르는 나의 동작이 그대로 빈 종이 위에 그림으로 '바뀌어' 나타나는 것을 지켜보는 경험은 신선했다. 아마도 외부 동력을 활용하지 않고 인간 근육의 힘으로 작동시키는 기계류가 가진 매력일 것이다.

그런 기계는 인간의 몸의 '연장延長'이었다. 20세기 초까지만 하더라도 1차 산업에 쓰이는 기구들, 혹은 기계들이 대부분 그랬다. 그런 도구나 기계에 의존해 작업하던 사람들은 아직 자신의 일에서 소외되지 않았을 것이다. 인쇄기의 손잡이를 힘껏 누르면 진하게 인쇄가 되고, 힘을 조금 줄이면 연하게 인쇄가 되는 것을 눈앞에서 확인하는 인쇄공에게, 혹은 자전거의 페달을 힘껏 밟으면 빨리 움직이고, 힘을 빼고 없고만 있으면 천천히 움직이는 것을 확인하는 사람에게, 자기 몸의 움직임과 그 결과로서의 작업물 사이의 거리는 제로에 가깝다. '삽질'을 한 번이라도 해본 사람이라면 누구나 이해할 수 있는 이야기다.

라이프치히 활자박물관을 나와서는 라이프치히의 가장 유명한 관광지인 성토마스 교회로 갔다. 바흐가 죽을 때까지 이십칠 년 동안 성가대 음악감독을 했던 교회다. 구시가지의 한가운데에 있는 교회는 입장료가 없고 다리가 아픈 시민과 관광객들이 편하게 들어와 잠시 쉬는 용도로 쓰이고 있다. 그리고 지금도 파이프오르간을 라이브로 연주해준다. 파이프오르간 연주를 직접 듣는 건 처음이었다. 그 울림, 연주자의 손가락 움직임이 그대로 파이프의 울림이 되어 내 몸으로 전해졌다. 그런 울림은 귀로만 듣는 것이 아니라 온몸에 전해지는 것 같다. 그런 경험을 할 때면 그 느낌을 오래 기억하고 싶어진다. 모두가 어느 정도는 자신의 작업에서 소외되어버린 지금의 사회라면, 가끔씩 찾아오는 그런 직접적인 '접촉'의 느낌을 오래 기억하는 일이 필요하다고 나는 생각한다. 타인의 몸에서 직접 전해지는 울림이란 때론 그렇게 편안하다. 그 편안함 때문이었을까, 함께 움직이던 출판사 사장님은 아예 교회 장의자에 앉아 주무셨다. 일부러 깨우지 않았다.

라이프치히에 오기 전에 나는 파리에서 존 버거를 만났다. 그의 책을 읽은 지 이십 년 만에, 그의 첫 책을 번역하고는 십 년 만에 작가 본인을 직접 만난 것이다. 선물로 가져간 동양 차의 설명서에 적힌 작은 글씨를 읽지 못해 밝은 곳으로 걸어가던 그의 느릿느릿한 발걸음, 햇빛이 비치는 곳에서 그 작은 글씨에 집중하던 청회색 눈동자, 역시 선물로 건넨 붓펜의 끝 부분에 침을 묻히던 모습, 헤어질 때 꼭 안아주던 몸에서 전해지던 평생 동안의 육체노동의 흔적, 그리고 그의 손. 내가 직접 번역했던 그 문장들을 적어내던 그 손······

파리를 떠나기 전에 영미 문학 전문 서점 셰익스피어 앤드 컴퍼니에서 롤랑 바르트의 『사랑의 단상』 영어판을 샀다. 기념품이었다. 딱히 다른 책이 눈에 들어오지 않아서 아는 책을 한 권 산 것인데, 그 안에 적절하게도(사실 이 책에서는 '사랑'에 대한 그 어떤 말에든 어울리는 적당한 인용을 찾을 수 있기는 하다) 이런 문장을 발견했다.

하지만 베르테르는 변태가 아니라 사랑에 빠진 사람이다. 그는 항상 그리고 어디에서나, 아무것도 아닌 것에서 의미를 만들어내며, 의미가 그를 전율케 한다. 그는 의미의 도가니 안에 있다. 하나하나의 접촉이, 사랑하는 이에게는 대답의 문제를 야기한다. 살갗이 대답을 요청받는 것이다.

접촉, 몸을 통한 관계는 '대답'을 요구한다. 애정이 가득한 섹스든 지하철을 타고 내리다 부딪히는 상황이든, 타인의 몸이 나의 몸과 닿았을 때 우리는 무슨 반응이든 해야 한다. 그때 상대의 몸은 '없는 셈 치는 것이 불가능한', 어떤 절대적인 '있음'으로 다가온다. 그리고 우리는, 우리의 몸은, 그 '있음'에 반응한다. 그런 '있음'을 잊어서는 안 된다고 스스로에게 다짐하곤 한다. 존 버거의 손 사진을 책상 앞에 두는 것도 그런 이유이다. 사랑은 내 안에서 내 멋대로 만든 그 사람의 이미지를 향하는 것이 아니라, 그 사람의 몸을, 그 몸이 함께 가지고 오는 부담까지 기꺼이 받아들이는 것이어야 함을, 이제야 알 것 같다. 그것이 매우 어렵고, 각오를 필요로 하는 일이라는 것까지……

뿔 난 삼엽충이 될 것인가,
몸집을 줄인 삼엽충이 될 것인가

도쿄 여행의 숙소를 우에노로 정한 건 순전히 도쿄국립과학박물관에서 가깝다는 이유 때문이었다. 딱히 떠날 이유도 없었던 3박 4일의 도쿄 여행에서 반드시 해야 할 것이 하나쯤은 있어야 할 것 같아서 생각한 것도, 거기 과학박물관에 있는 '삼엽충 전시관'을 다시 한번 보고 싶다는 것이었다.

삼엽충 전시관을 처음 본 것은 2011년 프로그램 취재를 위해 도쿄를 찾았을 때였다. 당시 나는 '진화'와 관련한 프로그램을 제작중이었고, 삼엽충은 단일 종으로는 가장 오래 지구상에 존재했다는 이유로 진화의 '증인'으로 종종 언급된다. 도쿄국립과학박물관의 삼엽충들을 찍은 다음날엔가, 시즈오카 대학에 있는 삼엽충 전문가—이제 와 다시 생각해보니 교수 본인이 삼엽충이랑 꽤 닮았던 것 같기도 하다―를 만나 인터뷰를 하는 일정이었다.

당시 박물관측에서는 촬영이 필요하다면 일반인 관람객이 없는 시간이 좋을 것 같다며 박물관이 문을 닫은 후에 오라고 연락했었고, 그렇게 어둑어둑한 시간에 찾은 박물관에서는 젊은 여직원이 우리를 맞아주었다. 촬영을 다니다보면 각 나라마다 촬영팀을 안내하는 담당자들의 특징이 보인다. 영미권의 안내인들이 똑부러지게 시간 계산을 하고 촬영 도중에도 끊임없이 말을 거는 타입이라면, 일본의 현지 안내인들은 한발 물러나서 지켜보며, 말은 한마디도 하지 않고, 혹시 자기가 챙겨줘야 할 것을 빠뜨리지는 않았는지 생각하는 유형에 가깝다. 한 시간 정도 진행된 촬영이 끝난 뒤, 원하던 것을 다 얻었는지 물어보고는 이미 해가 저버린 박물관 밖까지 촬영팀을 배웅해준 그 직원에게 예정에 없던 선물까지 주고 돌아왔던 그 촬영은, 전체 일본 촬영 가운데 가장 매끈하게 진행된 촬영이라 할 만했고, 그렇게 촬영한 영상은 방송에서 잘 써먹었다. 선물로 받은 부채를 들고 어쩔 줄 몰라하는 여직원의 모습은 그 출장을 떠올릴 때마다 먼저 기억나는 순간이다.

여행에는 종종 그런 만남이 있다. 그 사람의 실제 모습과 상관없이, 적어도 내게는 가장 기분좋은 시간에 가장 보기 좋은 어떤 모습만을 보이고 영원히 다시 볼 수 없게 되어버린 사람, 그런 사람들…… 나가사키의 백화점에서 내가 모자 두 개를 든 채 결정을 못하고 있을 때 자신을 믿으라는 듯이 씩씩하게 그중 하나를 집어주던 백화점 직원,

말레이시아 시골 마을의 동네 식당에 저녁을 먹으러 들어갔을 때, 아마도 학교에서 영어를 배운다는 이유로 외국인 손님인 우리에게 주문을 받으러 왔다가, 코디네이터가 현지어로 주문을 해버리는 바람에 어쩔 줄 몰라하는 표정으로 뒤편의 엄마를 돌아보던 회교도 소녀, 모스크바의 서점에서 영어로 된 러시아 역사와 관련한 책은 어디에 있냐는 나의 질문을 받고, 자기도 모르겠다고 대답했다가 오 분쯤 후에 수줍음과 뿌듯함이 뒤섞인 표정으로 다시 나타나 내 팔을 잡고 해당 책들이 있는 서가 앞까지 데려다주었던 (아마도) 대학생, 런던에서 처음 가보는 친구의 집까지 기차를 타고 갈 때, 이 기차가 내가 가려는 역까지 가는 것이 맞느냐고 물었을 때는 들은 척 만 척 말이 없다가, 한 시간쯤 지난 후에 내리면서 두 정거장만 더 가면 된다고 말해주었던 맞은편 자리의 중년 남자…… 모두 처음 보는 사람들이었고, 다시 만날 일도 없지만, 그런 이들과의 기분좋은 마주침은, 인간은 기본적으로 다른 인간을 '좋아하고 반가워한다'라는 걸 확인할 수 있게 해주기 때문에, 의외로 힘이 세다. 어느 만큼은 그런 마주침이 다시 여행을 떠나게 하는 힘이기도 하다.

촬영한 지 삼 년이 지나고, 공항에서 바로 우에노로 가서 큰 짐을 역의 코인 로커에 넣고 다시 국립과학박물관을 찾았다. 토요일 오후, 우에노 공원은 주말을 맞아 나들이 나온 사람들로 붐볐지만 정작 박물관 앞은 한적했다. 곧장 입장해 삼엽충 관으로 가려는데, 위치를 모르겠다. 촬영을 왔을 때는 안내하는 직원을 따라 다른 입구로 들어왔기 때문에 가는 길을 익혔을 리가 없다. 덕분에 다른 전시까지 다 보고 다시 찾은 삼엽충 관은 지하 이층. 이렇게 깊은 곳이었나? 기억은 일부러 마음에 새기지 않으면 남지 않는다.

그렇게 삼엽충 전시관 앞에 다시 섰다. 대단하다고는 할 수 없는, 폭 5미터, 높이 1.5미터 정도의 한쪽 벽을 다양한 삼엽충 화석들이 채우고 있을 뿐이다. 대충 세어보니 표본이 백오십여 개는 되는 것 같다. 백오십여 개의 표본들 중 똑같이 생긴 건 하나도 없다는 사실이 처음에는 신기했고, 시간이 지나면서 엄숙하게 다가왔다. 그 '다름'은, 고생물학자들의 설명에 따르면 서로 다른 환경에 적응한 결과라고 한다. 사람에게나 삼엽충에게나 '환경의 변화'는 그 안에 살고 있는 개체 역시 달라질 것을 요구한다. 처음에는 하나의 조상에서, 그러니까 단일한 형태로 시작했던 삼엽충들이 세계 곳곳으로 퍼져나간다. 새로 정착한 곳의 환경은 떠나온 곳과 상황이 달랐다. 물살이 더 셌거나, 천적이 더 많았거나, 이전에 흔히 볼 수 있었던 먹잇감이 없는 곳이었다. 그래서 삼엽충들도 변했다. 어떤 놈은 몸집을 키우고(먹이와의 싸움에서 유리했을 것이다), 어떤 놈은 몸집을 줄이고(포식자의 눈에 띄지 않고, 더 빨리 도망갈 수 있었을 것이다), 어떤 놈은 머리 위로 날카로운 뿔 같은 게 삐져나왔고(이전에는 먹을 수 없었던 먹이를 잡아먹을 수 있었을 것이다), 어떤 놈은 반대로 방패처럼 생긴 투구를 머리 위에 둘렀다(당연히 적의 공격을 막을 수 있었을 것이다).

그렇게 변화하지 못한 놈들은 경쟁에서 밀려나야 했다. 거기까지 설명을 들었을 때는 쉬웠다. 아, 환경이 변하면 그때그때 최적화하여 나를 바꾸는 것이 살아남는 법이구나, 눈치가 빠르고 환경의 변화를 잘 따르는 개체가 역시 살아남는구나, 하는 진부하다면 진부한 교훈, 까지는 아니더라도 동물과 인간을 가리지 않는 공통의 처세 같은 것이 이 다양함 안에 있구나…… 싶었다.

그게 끝이 아니라는 건 촬영 다음날 시즈오카 대학에 있는 교수가 알려주었다. 내가 물었다.

"삼엽충이라는 종이 완전히 멸종할 때까지, 그러니까 끝까지 살아남은 종은 어떤 종입니까?"

바로 전날 별의별 희한한 모양의 삼엽충을 보고 왔던 터라, 그런 치열한 '적응'—이건 곧 이전의 나를 버리는 것과 동의어가 아닐까?— 의 최후의 승자는 누구일까 궁금했다. 돌아온 교수의 대답이 의외였다. 가장 오랫동안 살아남은 삼엽충 종은, 이마에 뿔이나 방패가 달린 종도 아니고, 몸집을 키워 적에게 대항하려 했던 종도 아니고, 가장 평범한 모양을 유지한 채 몸집을 줄인 종이었다. 교수의 설명은 이랬다.

"뿔이나 방패를 발달시킨 종이나 몸집을 지나치게 키운 종은 말하자면 '과하게 적응'한 종입니다. 그런 종들은 특정한 환경에 맞추어 몸을 지나치게 특화시킨 나머지, 그 환경에 조그만 변화라도 생기면 곧바로 멸종해버렸던 것이지요. 오히려 특정한 환경에 완벽하게 적응하는 대신, '보편적인' 형태를 유지함으로써 넓은 지역에 분포할 수 있었고, 몸집을 줄임으로써 후손을 자주 많이 퍼뜨릴 수 있었던 종이 결국은 끝까지 살아남은 것입니다."

헷갈렸다. 삼엽충 중에도 '굵고 짧게' 사는 종과 '가늘고 길게' 사는 종이 있었다는 이야기. 어떻게 살아야 한단 말인가? 환경은 늘 바뀌게 마련인데, 그렇다면 나의 어느 부분을 적응시키고 어느 부분을 그대로 지켜야 하는가? 나는 뿔이 난 삼엽충이 될 것인가, 아니면 몸집을 줄인 삼엽충이 될 것인가? 이것이 삼 년 전 출장 당시에 떠올랐던, 아직도 대답을 찾지 못한 질문이다.

다시 찾은 도쿄과학박물관의 삼엽충 관에서 한 시간 넘게 멍하니 앉아 있던 나는 여전히 그 대답을 찾고 있었다. 마흔을 넘기면서 고민하던 문제이기도 했다. 갖고 싶은 것, 되고 싶은 것을 생각하고, 그것들을 얻기 위해, 혹은 그렇게 되기 위해 애를 쓰는 시기가 청춘이라면, 나의 청춘은 아마 지나간 것이리라. 언제부턴가 나의 모습에 어떤 새로운 면모를 더하려는 노력을 멈춘 것 같다. 대신 내게 있는 것들을 어떻게 하면 지킬 수 있을까 하는 고민을 더 많이 한다. 나를 지키는 노력이라고 해서 가만히 있는다는 뜻은 아니다. 거기에도 결단은 필요하다. 환경이 변하고, 그렇게 변하는 환경에서 계속 나로 남을 수 없다면 그 환경을 떠나는 것도 방법이다. 그런 결단을 고민하는 횟수가 늘어나고 있는 것 역시 나이 때문이기도 할 것이다. 마흔이라는 나이는, 나뿐 아니라 주변의 사람들을 보아도, 그런 '결단'을 내릴 수 있는 마지막 시기임을 실감하기 때문이다. 여기서 실감이란 '몸으로 느낀다'라는 의미이다.

일반인에게 공개되지 않은 티베트 승려들의 거처를 찾아 그들과 함께 몇 주를 지낸 후지와라 신야가, 수도를 포기하고 절을 뛰쳐나간 승려들 중 사십대가 가장 많다는 이야기를 듣고 스승 격인 스님에게 묻는다.

"왜 이렇게 사십대가 많은 걸까요?"
결국 참지 못하고 물어보았다. 승려가 대답했다.
"자기 한계를 깨닫게 되기 때문이지. 신에게 얼마나 더 다가갈 수 있을까. 그 나이가 되면 누구든지 신과의 거리를 깨닫게 된다네. 그 한계를 이겨낸 자에게만 평안이 주어지는 거야. 미혹이 사라진 평안이 찾아오는 것이다……"
— 후지와라 신야, 『동양기행 2』, 김욱 옮김, 청어람미디어, 2008

노스님이 말한 '신과의 거리'는 '답'과의 거리이기도 할 것이다. '끝'이 다가오고 있음을 처음으로 실감하는 나이가 사십대라면, 그 나이에 이르러서도 아직 '답'이라는 것을 찾지 못한 것 같다면, 아마도 조급할 것이다. 그 조급함에 쫓겨 '이것이 답일 거야'라는 마음에 그동안의 삶의 방향을 뒤트는 결정들을 내리기도 하고, 그렇게 뒤틀었을 때 보이는 가능성을 아예 외면해버리기로 '결정'하기도 한다. 노스님이 말한 '평안'은 아마도 어떤 결정을 내리든 나머지 길을 돌아보지 않겠다는 그 '외면'에서 오는 평안함이리라…… 그러니 뿔을 키우려

건너오다

는 결단이든 몸집을 줄이려는 결단이든, 방향에 상관없이 그것은 '평안'을 얻으려는 노력일 것이다. 굵고 짧게 살기로 마음먹은 개체가 있고, 반대로 가늘고 길게 살기로 마음먹은 개체가 있다면, 그 중간에서 어정쩡하게 결단을 내리지 못하다가 그만 멸종해버리는 개체도 있을 것이다. 나는, 적어도 지금의 나는 그런 쪽에 가까울 것 같다. 도쿄국립과학박물관의 벽에는 이도 저도 아닌 어정쩡한 형태의 삼엽충들도 있었고, 티베트의 외진 사원에도 도망갈까 말까를 고민하며 그대로 눌러앉아 있는 사십대의 승려가 분명 있을 것이다. 그냥 그렇게 생긴 개체들이고, 그것도 분명 하나의 삶이다. 대단한 결심이 없더라도, 어떤 결단을 내리든 상관없이 좋은 것들, 친절한 박물관 직원의 수줍은 미소와, 친절한 러시아 청년의 호의와, 무뚝뚝한 영국 노동자 아저씨의 배려를 기억하고, 다시 그런 '반가움'을 기다릴 수 있다면……

거창한 질문에 시시한 답이지만, 어쨌든 답은 답이다. 그 답이 미심쩍어 보일 때쯤, 다시 도쿄국립과학박물관을 찾을지도 모르겠다.

어떤 직선은 슬프다

쓰루하시가 한인타운이라는 건 지하철역만 나오면 알 수 있다. 지하철역과 이어지는 시장에는 온통 한국 음식점뿐이다. 현장에서 바로 먹는 사람들에게 주로 팔리는 메뉴는 전과 족발이고, 포장으로 가져갈 수 있는 것으로는 김치를 비롯한 한국식 반찬들이 있다. 좁은 골목으로 몇 블록이나 이어지는 쓰루하시 시장에는 식당 외에 한복을 파는 가게도 몇 보이고, 대부분 '가네다金田 상회' '가네모토金本 상회'처럼, 재일 교포들이 운영하는 곳임을 짐작게 하는 이름들이 많다. 곳곳에서 일본어만큼이나 한국어도 자주 들린다.

쓰루하시가 한인타운이 된 건 조선인들이 처음 오사카에 올 무렵 일본 정부가 그 한인들을 부근의 개천인 히라노가와를 정비하는 일

214   건너오다

에 투입했기 때문이라고 했다. 작업장 근처에 판잣집을 짓고 정착했던 노동자들이 쓰루하시 한인타운을 만든 사람들이다. 그 자손들이 아직도 그 근처에 머무르고 있고, 이제 그 삶은, 적어도 곁에서 보기에는 꽤나 자연스럽게 오사카의 한 부분을 이루고 있는 것 같다.

시장 구경을 마치고 히라노가와를 찾아가보고 싶었다. 시장을 빠져나오는 골목에 한식당이 하나 있고, 그 앞에서 이제 막 한국말로 손님과 이야기를 마친 식당 아주머니를 발견했다. 대놓고 물어봤다.

"히라노가와가 어느 쪽이에요?"

"히라노가와? 거기 먼데?"

"걸어서는 못 가나요?"

"걸어가기엔 멀어요."

그런가? 지도를 보면 쓰루하시 시장에서 오 분 정도만 걸어가면 될 것 같은데. 겐게쓰의 『그늘의 집』에도 그렇게 나왔던 것 같은데. 어쨌든 큰길로 나가보기로 했다. 도롯가의 상점들에서도 한국말은 심심찮게 들렸고, 쌓여 있는 박스들도 한국어가 적힌 것이 많았다. 간략한 동네 지도가 붙어 있는 걸 발견했다. 히라노가와가 쓰여 있는데 멀지 않아 보였다. 문제는 동서남북을 모르겠다는 것이었다. 멍하니 들여다보는데 학교를 마친 것으로 보이는 중학생들이 몰려왔다. 그중 한 명에게 물었다.

"히라노가와가 어느 쪽입니까?"

단발에 모자를 눌러쓴, 중학생이라지만 초등학생이라고 해도 믿을 것 같은 여학생은 어디를 말하는 거냐고 되물었다. 나는 지도의 히라노가와를 가리키며 다시 한번 '히라노가와'라고 말했다. 여학생이 휴대전화를 꺼내다가 그만 도로와 가게 사이의 작은 홈에 빠뜨렸다. 휴대전화가 물에 젖었는데도 주워서 슥슥 닦더니 그대로 다시 지도 앱을 열었다. "미안합니다"라고 얘기해도 아무렇지도 않다는 듯 뭐라 뭐라 하면서 열심히 검색했다. 그 또래의 아이들이 종종 보여주는 그런 '개의치 않는' 털털함이 뒤늦게 부럽다. 나도 그 나이 때는 그랬던가? 떨어진 휴대전화를 주울 때 아이의 가방에 붙은 이름표가 보였다. '박○○', 재일 교포다. 괜히 반가워서 한국말을 하느냐고 물으니 아이는 부끄러움 반, 당황스러움 반쯤 섞인 표정으로 웃으며 못한단다. 그러고는 손짓을 섞어가며 히라노가와로 가는 길을 알려주었다. 대충 듣기로는 도로를 따라가다가 큰 네거리에서 오른쪽으로 꺾은 다음 또 주욱 가면 된단다. 멀지 않단다.

아이가 알려준 대로 십 분쯤 걸으니 과연 히라노가와가 나왔다. 강이라기보다는 그냥 개천이었다. 서울에서 가장 비슷한 규모의 개천을 찾자면 성북천쯤 될 것 같다. 주말 오전의 개천과 주택가는 한가했다. 집들은 좀 낡은 편이고, 쓰레기를 버리러 나오는 주민과 자전거를 타고 동네를 다니는 초등학생 두어 명이 전부였다. 천천히 개천을 따라 걸었다. 일본의 어느 개천과 다를 것 없이 단정하고, 주변도 깔끔하게 정리되어 있었다.

정비가 잘된 하천은 직선으로 곧게 뻗어 있었다. 식민지 시절, 같은

나라라고 하지만 같은 나라가 아니었던 땅에 이주할 결심을 한 사람들이 만들어낸 직선이었다. 곧기만 한 직선도 때로는 슬플 수 있구나, 하고 생각했다. 구름이 그대로 강물에 비치고 있던, 맑기만 했던 토요일 오전의 쓰루하시의 '슬픔' 같은 것과는 어울리지 않는 공간이었다. 그럼에도 그런 느낌이 들 수밖에 없었던 것은 내가 겐게쓰의 소설을 읽었기 때문이고, 최양일의 영화 〈피와 뼈〉를 봤기 때문이며, 내게는 〈피와 뼈〉의 주인공 김준평과 비슷한 시기에 오사카로 떠났던 할아버지가 있었기 때문이다.

/

아버지와 할아버지는 어떻게 살아온 걸까? 하는 질문을 떠올린 건 서른다섯이 넘어서면서부터일 것이다. 나라는 존재가 태어나서 부모에게만 의존하며 지내야 했던 그 시기의 아버지 나이, 정작 내가 그 나이가 되면서부터, '나 하나 앞가림하기도 이렇게 힘든데 아버지는 어떻게 헤쳐왔을까?' 하는 궁금증이 생겼다. 그 무렵 조은 선생의 『사당동 더하기 25』를 읽기도 했다. 그 책에 등장하는, 1986년에 사당동 산동네에 살았던 가족들 이야기에 눈이 갔다. 대부분의 가족 구성과 구성원들의 연령이 우리집과 다르지 않았다. 그런데 이십오 년을 추적하며 밝혀낸 그 가정의 2세들의 삶은 달라져 있었다. 그 차이를 만들어낸 것이 뭘까를 궁금해하다가 내가 나름 내린 결론은, 아이들의 능력과 기질이 다르지 않다고 가정했을 때, 가정에서 아이들의 차이를 만들어내는 요소들 중 하나는 '아버지의 자세'라는 것이다. 여기서 자세는 곧 책임감이었고, 그건 때때로 희생이기도 했다(왜 아버지의 자세인가 하면, 어머니들은—적어도 그 책에서는—대부분 기본적인 책임감이 있었기 때문이다. 여자들은 남자들보다 훨씬 '철이 든' 사람들이다).

할아버지와의 대화는 전무했다. 노년에 시력을 잃은 할아버지는 따로 지내실 때나 우리집에서 지내실 때나 늘 누워서 라디오만 들으셨고, 어린 나에게 그런 할아버지는 가까이 갈 수 없는, 가까이 가고 싶지도 않은 대상이었다. 그렇게 내 기억 속에서는 누워만 계시다 돌아가신 할아버지가, 지금의 내 나이쯤에 사십 년을 살던 고향을 떠나 낯선 나라에서 '다시' 살아보겠다는 결심을 한 것이다. 사십대 초반이란, 삶의 방향을 트는 결정을 내릴 수 있는 마지막 시기라는 것을 이제는 알기에, 그 결정이 할아버지에게 얼마나 큰 부담이었을지도 짐작할 수 있다. '누워만 계시던' 할아버지의 모습에 그런 과감함을 지닌 사십대 가장의 모습이 겹쳐지면서 나는 알고 싶었다.

일본에서 태어나 세 살 때 한국으로 온 아버지는 오사카에 대한 기억이 전혀 없었다. 그래서 오사카에서 소학교까지 다니다 오신 큰고모님을 찾아뵙기로 했다. 전화 한 통 없던, 가끔 친지들 경조사에서 마주치면 인사나 하던 조카가 갑자기 찾아간 날, 고모님은 일단 "밥부터 먹고 이야기하자"라고 하셨다. 시간이 오후 서너시쯤 되었으니 점심은 이미 먹었겠지만 그런 건 중요하지 않았다. 조카가 왔으니 밥을 먹여야 한다. 나이가 마흔이 되어도 조카는 조카일 뿐이니까. 고모님이 내온 밥상에 직접 농사지은 나물 반찬들 사이로 생선 조림이 보였다. 그건 혼자 식사하실 때는 올리지 않는 반찬이겠구나 싶어서, 밥을 남길수가 없었다. 식사를 마친 후 사과를 깎아 내놓으며 고모님은 이야기를 시작하셨다. 큰 도움은 안 됐다. 초등학교를 다니기는 했지만 동네이름도 생각 안 나고, 학교 이름도 생각이 안 난다, 사진도 없다, 그저할아버지가 오사카 시내에서 공장을 다니거나 막노동을 한 건 아니고근처 시골에서 농사를 지으셨다, 고 했다. 지금 오사카에서 그때 할아버지가 살던, 아버지가 태어난 동네를 찾아보는 건 어려울 것 같았다. 하지만 고모님의 이야기 속에서 막연하던 할아버지의 사십대를 구체적으로 그려볼 수 있는 이미지를 하나 얻었다.

일본이 패전하고 한국이 독립한 후 일본에 있는 조선인 부락에서는 "일본인들이 조선인을 모두 죽일 것이다"라는 소문이 돌았다. 큰 결심으로 고향을 떠났던 할아버지는 돌아가기로 결정했다. 가지고 갈 수있는 세간은 없었다. 귀국하려는 조선인들로 붐비는 항구에서 며칠을기다리다 배에 오르고, 그 배에서 삼 주 정도를 보낸 후에야 김해에도착할 수 있었다. 다시 돌아온 고향엔 살던 집이 그대로 있었지만 살림은 하나도 없었다. 달라진 건 할아버지의 나이와 늘어난 가족의 수였다. 떠날 때와 돌아왔을 때 가장의 마음에 어떤 변화가 있었을지는이젠 알 수 없게 되어버렸다. 다시 살림살이를 마련해봤지만 전후의시골 마을엔 아직 대장간이 없었는지 칼을 구할 수가 없었다. 그건 대

건너오다

구까지 가서 구해 와야 하는 물건이었다. 경상북도 의성에서 대구까지 지금 차로 달리면 한 시간 남짓 걸린다. 그 거리를 할아버지는 걸어서 다녀왔다 했다. 새벽에 출발해서 대구까지 걷고, 칼 한 자루를 사서 그걸 품고 다시 걸어서 밤이 되어서야 돌아왔다.

삶의 방향을 바꾸어보려는 마지막 시도를 했던 사십대의 남자가, 어떤 이유로든 그 시도가 실패로 돌아간 후 이전의 삶으로 돌아와야만 했다. 그 남자의 마음 안에서 무언가가 되돌릴 수 없을 만큼 꺾여버렸을 것이다. 칼 한 자루를 품은 채 한때 떠나기로 마음먹었던 고향으로 되돌아오던 할아버지는, 한 걸음 한 걸음 옮길 때마다 그 '꺾여버린' 마음을 다스려야 하지 않았을까? 칼을 품은 채.

오사카에는 친지들이 살고 있다. 친지라고 하지만 지속적인 관계는 없었다. 내가 중학교에 다닐 때 그쪽 어른들이 대구의 우리집에 찾아와 할아버지의 산소를 한 번 찾은 적이 있었고, 이십여 년 전 나의 형이 대학 시절 오사카에서 지낼 때 신세를 진 적이 있었고, 나는 십여 년 전, 처음 일본을 찾았을 때 인사를 드린 적이 있다. 함께 시간을 보낸 기억이 있는 선대 어른들이 돌아가신 후로, 그런 관계가 있었음을 이야기로만 알고 있는 자손들의 관계란 그렇게 성겼다. 이제 남은 건형이 그 댁에 신세를 질 때 찍었던 사진들과 처음 그분들이 한국을 찾앉을 때 적어주고 간 주소 두 개뿐이다. 이번에 오사카에 올 때 그 사진과 주소를 가지고 왔다.

기억이 희미하다고 하는 형과 구글 어스를 보며 찾아낸, 그 댁에서 가장 가까운 역은 지도리바시 역이었다. 역을 나와서 4차선 도로를 따라 걷다가 아케이드를 지나고, 한적한 이면도로를 헤매다가 어렵게 건물을 찾을 수 있었다. 그 건물 앞에서, 당장 들어가지도 못하고 담배까지 한 대 피우며 멍하니 서 있었던 건, 건물의 외양은 그대로지만 건물 이름이 바뀌어 있었기 때문이다. 형이 찍어온 사진에서 친지가 운영하는 회사의 이름이 붙어 있던 자리에 다른 회사의 이름이 적혀 있었다. 잠시 더 망설이고, 건물 주위를 두리번거리다가 건물 일층의 사무실에 들어갔다. 서류를 정리하고 있던 중년의 여직원에게 주소가 찍힌 사진을 보여주며 물었다.

"여기가 이 주소 맞습니까?"

"네, 맞습니다."

"여기에 이바야시井林 씨 가족은 없습니까?"

"그런 분은 없습니다."

중년의 여직원은 일부러 우편함이 있는 곳으로 나를 데리고 가서 위층에 있는 세입자들 이름까지 다 확인해주었다. '이바야시'라는 이름은 없었다. 이십 년 전의 주소니 그럴 만도 하다. 여직원이 뭐라고 뭐라고 설명을 하는데, 대충 듣기로는 "다른 곳으로 이사간 것 아니겠습니까?"라고 하는 것 같았다.

"그래도 이 주소는 여기가 맞지요?"

"네, 주소는 맞습니다."

고맙다고 인사를 하고 건물 밖으로 나와 담배를 한 대 더 피웠다. 이렇게 된 이상 나머지 한 주소도 찾아볼 수밖에 없다고 생각하는데, 어떻게 가면 좋을지 모르겠다. 두번째 주소의 건물은 지도에서 확인을 안 하고 왔기 때문에 어떻게 생겼는지도 몰랐다. 택시를 타면 간단히 해결이 되겠지만 그러고 싶지는 않았다. 어차피 같은 구區 안에 있는 곳이니 걸어가도 될 듯싶었다. 많이 헤매겠지만, 일본어가 짧으니 물어봐도 제대로 알아듣지도 못하겠지만, 찾아가보기로 했다. 왠지 그렇게 중간에 길을 잃기도 하며 힘겹게 찾아가야 할 것 같았다. 이유는 나도 모른다. 그저 좀 걷고 싶었던 건지도 모르고, 다른 할 일이 없었기 때문이었는지도 모른다.

맨 처음 길을 물어본 대상은 마침 첫번째 주소 옆의 건물에 우편물을 배달하고 있던 집배원이었다. 말을 걸기 전에는 조금 경계를 하는 것 같던 오십대의 집배원은 주소를 보여주며 길을 알려달라고 하자, 그게 자기가 제일 잘하는 일이라는 표정으로 신나게 설명을 했다. 내가 알아들은 건 곧장 가다가 왼쪽에 있는 다리를 건너라는 말뿐이었지만, 그걸로 일단 출발은 가능했다. 고맙다고 인사를 하고 시키는 대로 걸음을 옮겼다.

그리 넉넉해 보이지는 않는 전형적인 일본의 주택가였다. 시내보다는 공장 지대에 가까이 있어서 가게들은 꽤 오래된 것 같았고, 그나마 주말을 맞아 대부분은 문을 닫았다. 시장에서 장을 보고 돌아가는 주부와 왜 외출을 하신 건지 짐작할 수 없는, 보행기를 짚고 지나가는 할머니들을 제외하면 이면도로엔 사람이 별로 없었다. 집배원이 알려준 대로 다리를 건너고 나서, 다음엔 어느 쪽으로 가야 할지 알 수가 없었다. 닥치는 대로, 지나가던 두 명의 중년 부인에게 주소를 들이밀었다. 지나가며 볼 때는 중년 부인인 줄 알았는데, 가까이서 보니 한 분은 할머니다. 어디 모임에라도 다녀오시는지 곱게 꾸미셨다. 주소를 들여다보고는 "아, 여기가 어디라고 해야 하나…… 저쪽으로 가서, 다시 이쪽으로, 이렇게 저렇게……" 당연히 못 알아들었다. 그래도 손으로 가리키는 방향은 알겠으니 그쪽으로 가보면 될 것 같았다. 인사를 하려는데 할머니가 물었다.

(내가 들은 게 맞는다면) "근데 당신은 어디서 왔소?"

"한국에서 왔습니다."

"여기에는 누가 사는데?"

'친척'이란 단어가 생각나지 않았다.

"가족입니다."

"아, 그래요?"

인사를 하고 돌아서는데 할머니가 계속 걱정스러운 눈길로 나를 쳐다봤다. 나는 다시 한번 꾸벅 인사를 하고 알려준 방향으로 걸었다. 십 분쯤 지났을까, 큰길을 하나 더 건너고 조금 더 걷다가 다시 길을 잃은 것 같았다. 이번엔 누구한테 물어보나, 하고 주변을 살피니 골목

안에서 전기 공사를 하고 있었고, 그 앞에서 아주머니 한 분이 안전모를 쓰고 차들이 지나갈 때마다 안내를 하고 있었다. 차가 오지 않을 때를 기다렸다가 아주머니에게 주소를 보여주었다. 오십대로 보이는 아주머니는 미안한 투로 뭐라고 말을 하다가 잠깐만 기다리라고 하더니, 건물 안으로 들어가서는 작업을 하고 있던 이십대 청년을 데리고 나왔다. 아, 일을 방해하면서까지 물어볼 건 아니었지만…… 어쨌든 작업복 차림으로 나온 청년에게 주소를 보여주었다. 청년은 자기 휴대전화를 꺼내서 지도 앱을 열었다. 내가 보여준 주소를 입력하고 지도를 보며 뭐라고 설명했다. 하나도 못 알아듣겠다. 내가 못 알아듣는 걸 보던 청년이, '이걸 어쩌나' 하는 표정으로 잠시 생각하더니, 내 팔을 잡고 골목 밖 큰길로 데리고 나왔다.

"이 길로 쭈욱 가세요. 이삼백 미터쯤 가면 오른쪽에 패밀리마트가 나올 거고, 이 주소는 그 건너편입니다."

내가 들은 바로는 그렇다. 몇 번이나 고맙다는 인사를 하고 청년이 시키는 대로 걸었더니 과연 큰 패밀리마트가 나왔다. 그 앞의 횡단보도를 건넜다. 작은 골목들이 여러 개 있는데, 두번째 골목에서 드디어 '井林'라고 적힌 문패를 발견했다. 첫번째 주소지에서 출발한 지 한 시간쯤 지났으니, 걱정만큼 크게 헤매지는 않고 찾은 셈이었다.

이바야시 가족은 그 집에도 없었다. 문패를 보아 분명 그 집이 맞는 것 같은데, 집은 비어 있었다. 외출한 건가 싶어서 삼십 분쯤 집 앞에서 기다려보았지만 아무도 나타나지 않았다. 대신 옆집의 어떤

건너오다

아저씨가 자전거를 타고 볼일을 보러 가면서 나를 흘긋 쳐다보았고, 돌아왔을 때도 내가 그 집 앞에 서성이고 있는 것을 보고는 조금 수상하다는 눈빛으로 살폈을 뿐이다. 그 아저씨한테 "이 집에 이바야시 가족이 살고 있습니까?"라고 물어볼까 하는 생각도 했지만, 타이밍을 놓쳐버렸다. 그러고 보니 나도 옆집에 사는 사람 이름은 모른다. 삼십 분 정도 더 기다리다가 동네 구경을 한 바퀴 하고, 혹시 다시 올 때는 헷갈리지 않게 도로와 작은 길 이름들을 기록한 다음, 사진만 찍고 돌아왔다.

그 오후에, 나는 무엇을 확인하고 싶었던 걸까? 무언가를 확인하기는 한 걸까?

오사카 여행의 마지막 날이었다. 딱히 가보고 싶은 곳은 없었고, 날씨는 비가 오다 말다 했다. 늦잠을 자고 시텐노지에 가보기로 했다. 불교에 심취했던 쇼토쿠 태자가 593년, 백제 장인 유중광을 초빙해서 지은 절이라고 했다. 유중광은 이후 이름을 곤고 시게미쓰金剛重光로 바꾸고 일본에 정착한다. 일요일인데다가 비까지 내리다 말다 해서 절 안은 한가했다. 지은 지 천오백 년 가까이 된 절이라고는 생각되지 않을 정도로 깔끔하고 관리 상태가 좋았다. 그 정도 규모이다보면 이런 저런 난리를 무사히 넘기지 못했을 테니, 아마도 여러 번 보수하고, 어떤 부분은 새로 짓지 않았을까 짐작했다. 그래도 천오백 년 전 백제에서 건너온 장인이 지은 그 자리에 같은 이름으로 건물이 계속 있었던 것만은 분명했다. 오사카 사람들에게 그 절은 '늘 변하지 않고 거기 있는' 어떤 상징이었을 것이다. 오사카가 현대적 건물이 가득한 메트로폴리스가 되기 전에는 이 절이 꽤나 '구경거리'였겠다 싶었다. 8세기쯤에 일본에서 크게 유행했다는 진언종의 창시자 홍법대사의 전신상 앞에서 생각했다.

'할아버지는 시텐노지에 와본 적이 있었을까?'

아마도 여유라곤 없는 삶이었을 것이다. 특별한 기술도 없었던 이민자 농부가, 그것도 전쟁중에 겪어야 했던 삶은 그랬을 것이다. 그래도 아들, 그러니까 나의 아버지가 태어났을 때는 한 번쯤 유명하다는 시내의 절을 찾아 갓 태어난 아들의 건강이나 뭐 그런 것을 기원하지 않았을까? 내가 서 있는 홍법대사 동상 앞도 지나지 않았을까? 그랬다면 그렇게 칠십 년의 시간을 두고 같은 자리에 선 할아버지와 손자는, 매일 자리에 누워 지내며 손자에게 말을 걸지 않았던 할아버지와 그런 할아버지가 무섭기만 했던 손자는, 비로소 같은 기억을 가지게 된 거라고도 할 수 있을까? 이젠 손자도 그때 할아버지의 나이가 되어버린 후에야?

할아버지를 떠올릴 때면 선명하게 기억나는 한 장면이다. 할아버지와 함께 살지 않던 시절, 우리 가족이 할아버지 댁을 찾을 때면, 아버지는 할아버지의 이발과 면도를 해주고 오셨다. 앞을 보지 못하는 할아버지가 간만에 자리에서 일어나 마루에 자리를 잡고 앉으시면 아버지는 면도기와 칼을 번갈아 쓰며 정성껏 할아버지의 턱과 목, 머리를 깔끔하게 정리해주곤 하셨다. 언젠가 햇빛이 좋았던 날에도 그렇게 부자는 나란히 마루에 앉아 두 사람만의 의식을 치르고 있었다. 아버지도 아들도 말은 없었다. 있는 것은 휴일 오후의 햇빛과, 칼날이 맹인의 짧은 머리와 수염을 깎아나가는 소리뿐이었다.

사각사각.

이젠 손자도 그 침묵을 이해할 수 있는 나이가 되었다.

오사카에 이민 온 한인들이 개간했다는 히라노가와의 직선이 그 안에 수많은 곡선을 숨기고 있듯이, 어떤 침묵은 그 안에 많은 말을 담고 있다. 누군가를 이해한다는 것은 그가 보여주는 직선에서 곡선을 읽어내고 그의 침묵 안에서 차마 말해지지 않는 말들을 들어내는 것이다. 그건 노력을 필요로 하는 일이고, 그 노력을 기꺼이 기울이는 마음이 사랑이다.

경계를 사는 사람들

"무섭지요, 왜 안 무섭겠습니까."

국경을 건너며 밀무역했던 이야기를 무슨 이웃집에 물건 갖다주고 오는 일처럼 아무렇지도 않게 이야기하던 단동의 강사장은 처음으로 목소리를 높였다.

"배가 딱 북한 쪽에 도착하면 군인들이 나와서 총을 겨눕니다. 직접 눈앞에 그렇게 총을 들이대면 겁이 나지요."

평안북도에 살던 강사장의 할아버지는 아편중독자였고, 청요릿집을 즐겨 다니셨다고 했다. 20세기 초 조선과 청나라가 모두 일본의 식민지였던 그 시절, 두 나라 사이의 국경은 의미가 없었다. 농민들은 평안도에 먹을 것이 있으면 평안도에 살고, 또 만주 어디가 좋다고 하면 그리로 옮겨가서 살았다고 했다. 그렇게 강사장의 할아버지는 중국 관전寬甸에 정착했다. 아버지 역시 중국과 북한을 오가며 농사를 짓다가 1960년대 '자유로운' 국경 이동이 불가능해지면서 일가는 중국 시민이 되었다. 1970년대 초반 태생인 강사장도 '달리 할 일이 없어서' 삼십대 초반부터 북한과의 무역을 하게 되었다고 했다. 노를 젓는 배에 1톤 정도의 물품을 싣고 하룻밤에 대여섯 번 압록강을 건너야 하는 일이었다. 맨 처음 강 건너 북한군을 만났을 때, 이미 들어서 알고 있던 이야기지만, 그래서 그 총이 발사되는 일은 거의 없다는 것도 알고 있었지만, 총구 앞에서 무서움을 떨칠 수는 없었다고 했다.

국경은 두 나라가 총구를 마주하고 있는 곳이다. 압록강을 사이에 두고 중국과 북한이 마주하고 있는 단동도 예외는 아니었다. 한국전쟁에서 미군이 폭격하였다는 단교는 여전히 중국 쪽 반쪽만 남은 채 관광지가 되어 있고, 그 옆에 놓인 중조우의교를 통해 하루에도 몇 번씩 북한으로 들어가는 물자를 실은 트럭들이 지나지만, 거기서 몇 킬로미터만 강을 따라 올라가면 중국군의 도하 훈련이 진행중이고, 유람선을 타고 사오십 미터까지 접근할 수 있는 북한 쪽 강가에도 군 초소들이 어김없이 서 있다. 국경이란, 경계란 그렇게 두 배타적인 구역이 마주하는 곳이다. 강사장이 마주했다는 총구는 그러한 배타성이 말 그대로 눈앞에 드러난 것이었을 테다. 처음 마주하는 배타성은 무섭게 마련이다.

그럼에도 단동 시민들에게 그 경계란 삶의 터전이기도 했다. 경계이

기 때문에 가능한 일들이 그들에겐 곧 기회의 전부였다. '밀무역 말고
는 다른 할 일이 없었다'는 강사장의 말은 그런 뜻이다. 그래서 그는
하룻밤에 대여섯 번씩 그 경계를 넘나들었고 옷이 필요하다면 옷을,
전자제품이 필요하다면 전자제품을 구해서 북한에 전달했다고 했다.
그에겐 다른 삶은 생각하기 어려웠거나 기회가 주어지지 않았다.

경계는 서로를 배타적으로 보는 사람들이, 대부분은 경계에서 멀리
떨어진 곳에서 내리는 결정에 따라 그어진다. 하지만 그 경계를 살고
있는 사람들에게 그 선은, 그 배타성은 삶의 조건, 혹은 또다른 기회
일 뿐이다. 경계만큼 또렷하지 않기 마련인 삶은, 그렇게 먼 곳에서 그
어놓은 선처럼 매끈하게 흘러가지는 않는다. 그런 삶은 강사장의 사업
물품이 바뀌듯이 그렇게 쉬지 않고 움직인다. 늘.

단동을 떠나는 날 일출 장면을 찍기 위해 새벽 네시에 호텔을 나섰
다. 압록강을 따라 달리는 강변도로에 새벽 운동을 하는 사람들이 하
나둘 모습을 보일 뿐, 아직 대부분의 사람들은 깨어나지 않은 시각이
었다. 사람이 빠져서일까, 강 건너로 보이는 북한은 전날 낮에 봤던 것
보다 훨씬 가깝게 보였다. 역시 사람이 없어서일까? 조용한 도로와 정
박해 있는 배들, 아직 사람들의 시간이 시작되기 전의 그 풍경은 공평
하게 어두웠다. 그 시간엔 경계 이쪽과 저쪽이 나누어져 있다고 할 수
없었다.

장백산 담배 한 개비로 건너는 경계

연암 박지원의 『열하일기』 여정을 그대로 따라가보는 여정이었다. 단동 다음의 촬영지는 조선 시대 청나라로 들어가는 관문이었던 '책문' 혹은 '변문'이 있던 자리였다. 박지원이 사행단에 포함되어 청나라로 갔던 1780년 당시, 압록강과 책문 사이에는 사람이 살고 있지 않았다. 말하자면 그 구역은 조선과 청나라 사이의 '완충 지대'였던 셈이다. 비무장 지대. 그냥 비워놓은 땅. 그러니까 압록강을 건넜다고 해서 바로 청나라로 들어가는 것은 아니었다. 두 문화권의 사이에 양쪽 어디에도 속하지 않는 땅이 있었다. 조선 사신들을 맞이하는 숙소는 책문 안에 있었고, 압록강을 건넌 후 그날로 책문에 이르지 못했던 박지원 일행은 결국 하룻밤 노숙을 하게 된다. 아무도 없는, 어느 쪽에도 소속

되지 못한 땅에서.

　책문이 있던 자리는 지금은 그저 한가한 시골 마을에 불과하다. 마을 입구, 도로와 철로와 강이 지나가는 네거리에 책문의 중국식 이름이었던 '변문진'이라고 적힌 비석이 하나 서 있어, 이곳이 옛날의 출입국 관리소였음을 짐작게 할 뿐이다. 철로는 기차가 다니지 않은 지 오래되었는지 녹이 슬어 있다. 변문진 비석에서 차로 삼 분 정도 달리면 현재 중국에서 부르는 이름인 일면산역이 있고, 시외버스 정류장처럼 쓰이기도 하는 역 앞의 광장 주변은 시골 마을의 장터라 할 만큼 나름 분주하다. 분명 철로에는 녹이 슬어 있었는데, 기차역은 그대로 있고 하루에 두 번씩 기차도 다닌다고 한다. 역 앞의 식당 한 곳에서 점심을 먹고 주인과 인터뷰도 했다.

　"과거에 이곳이 청나라로 들어가는 관문이었다는 건 알고 있습니까?"

　"옛날 일은 잘 모릅니다."

　"기차역을 이용하는 사람들은 주로 어떤 사람들입니까?"

　"단동 같은 도시로 일하러 가는 사람들입니다."

　"농촌에서 사는 게 점점 어려워지고 있다고 들었습니다."

　"잘 모르겠습니다. 식당은 그럭저럭 되는 편이고, 또 이곳이 공기가 좋으니까 저는 여기가 좋습니다."

원하는 대답을 염두에 둔 채 던지는 인터뷰 질문들은 어김없이 빗나간다. 이곳이 책문이었고, 두 나라 사이의 경계였고, 이백삼십여 년전 이곳을 지났던 조선의 선비가 청나라 문물을 처음 구경하고 충격을 받았다는 사실 같은 건, 지금 일면산역 광장에서 식당을 하고 있는 마흔다섯의 가장에겐 전혀 관심사가 아니었다. 그에게 우리의 관심사를 알려줄 수는 없는 노릇이었다. 그는 공기가 좋고, 그럭저럭 식당 일을 하면서 자식들 공부시킬 수 있는 그곳에서 자신이 할 수 있는 것을 하며 살고 있을 뿐이었다.

　촬영을 마치고, 식사대에 약간의 출연료를 얹어서 주인에게 건넸더니 주인은 식사대만 받겠단다. 아니라고, 우리한테 도움을 줬으니 사례를 하고 싶다고 했더니 웃으면서 돈을 받아 챙기고, 담배 한 대를 건넸다. 장백산 담배는 내가 한국에서 피우던 것보다 훨씬 독했다. 식당 테이블 한쪽에 앉아 담배 한 대를 천천히 피웠다. 주인도 건너편 테이블에 앉아 담배를 피웠고, 그사이에 손님들이 식당을 드나들었다. 당연히 우리는 한마디도 나누지 않고 그저 각자의 담배만 피웠다. 하지만 그렇게 말이 없이 마주앉아 담배 한 대씩을 피우는 동안, 나는 식당 주인의 삶과 나의 삶이 분명 교차했고, 서로의 삶에 대해서 어느만큼은 이해할 수 있었을 거라고 생각한다. 주인은 맛있는 식사를 준비해서 낯선 손님들을 대접했고, 우리는 그 식사를 맛있게 먹었다(실제로 맛있었다). 식사 후 우리는 주인에게 궁금한 것을 예의를 갖춰 물었고, 사장은 거짓말하지 않고 부풀리지도 않고 있는 그대로 이야기를 해주었다. 서로에 대한 예의를 지켰고, 넘지 말아야 할 선을 넘지 않았다. 그런 후에 담배 한 대를 피울 수 있을 만큼의 시간을 함께 앉아 있는 것만으로도 둘을 가르고 있는 경계를 넘을 수 있음을 식당 주인은 알려주었다.

과거의 국경이었던 곳, 지금은 그런 과거를 전혀 모른 채 그저 할 수 있는 것을 하며 살아가고 있는 사람들이 있는 변문진의 일면산역에서, 경계를 넘는 방법을 생각했다. 경계를 건너지 못하게 하는 것은 경계가 아니라 경계 앞에 선 나의 마음이다. 그것은 욕심이고, 욕심의 다른 이름인 미련 혹은 집착이고, 두려움이다. 장백산 담배 한 개비가 확인해준 사실이다.

경계를 건널 때 지니는 것

답사 때 처음 산해관의 노룡두를 보고, 여기서는 꼭 촬영을 해야만 한다고 생각했다. 산해관은 만리장성의 동쪽 끝이었고, 노룡두에서는 산성이 바다로 곧장 들어간다. 그러니까 그곳은 바다와 육지, 오랑캐와 중화라는 두 개의 경계가 겹치는 곳이었다. 그뿐만이 아니었다. 현재 노룡두의 끝에 서서 바다를 내다보면 왼쪽에는 거대한 조선 플랜트가 펼쳐져 있고, 오른쪽에는 청나라 시대의 건물들이 바다를 향해 삐죽이 나와 있다. 그곳에서는 과거와 현재까지 나누어지고 있었다. 경계를 넘는 것으로서의 여행 이야기를 시각적으로 보여주기에 그만한 곳이 없었다.

촬영 계획을 세웠다. 먼저 산해관에 도착하면 주차장에서 천하제일

문에 이르는 상점가를 따라서 촬영하고, 성문 앞에서는 드론을 띄우고, 안내를 해주기로 한 직원이 나오면 그 직원과 출연자가 성을 둘러보는 장면을 찍고, 그다음엔 그 직원에게 준비해간 『열하일기』의 문장을 읽어달라고 하고, 산성의 벤치에서 출연자 인터뷰를 하고, 천하제일문 밑에서 옛날식 통행증을 써주는 아저씨들에게 출연자 통행증을 하나 써달라고 부탁하고, 마지막으로 해가 질 때쯤 석양을 타임랩스로 촬영하면 될 것 같았다.

그러면 될 것 같았다.

주차부터 예상을 빗나갔다. 답사 때 주차를 했던 상점가 끝에 차를 세울 줄 알았는데, 코디네이터는 섭외가 되어 있다며 산성 안으로 곧장 차를 몰고 들어갔다. 상점가 촬영은 미뤄야 했다. 드론 촬영을 하려는데 촬영감독 둘이서 서로 이렇게 저렇게 드론을 움직여보는 동안 약속했던 안내원이 미리 내려왔다. 촬영감독 한 명은 드론을 정리하고 다른 한 명은 곧장 안내원과 출연자를 따라 산성으로 올라가야 했다. 게다가 제복을 입고 나타날 줄 알았던 안내원은 헐렁한 실내복 같은 바지에 모자를 쓰고 있었다. 모자만 좀 벗어주면 안 되겠냐고 했더니 벗는 것은 곤란하고 이마가 보이게 올려 쓰겠단다. 그래도 설명은 똑부러지게 잘하니 다행이라고 생각하고 촬영을 했다. 안내원 부분을 마치고 통행증 써주는 아저씨들을 찾으니 이미 장사를 접었는지 눈에 띄지 않았다. 퇴근하려는 두 아저씨를 발견하고 코디네이터가 달려가 웃돈을 주고 다시 불러왔다. 억지로 불러온 두 사람을 놓고 촬영을 하

건너오다

려는데, 출연자의 마이크가 산성 위에 있었다. 조연출이 마이크를 가지러 달려간 사이, 나는 두 아저씨 기분이라도 좀 맞춰주려고 물 두 병을 사와서 건넸다. 두 아저씨는 그 자리에서 물을 마시는 대신 가방 안에 챙겨넣었다. 그렇게 촬영을 마치고, 다시 산성 위로 올라가 출연자 인터뷰를 마치고, 겨우 석양에 맞춰 타임랩스용 카메라를 세 대 설치했다. 그리고 그 자리에 앉아서 기다렸다. 시간이 지나가기만을 기다리는, 가장 한가한 촬영이었다.

한 시간 정도 지났을까? 이미 관광지 산해관은 문을 닫은 시각이었다. 유네스코 문화유산으로 지정된 산성 안에 사람은 우리 제작진밖에 없었다. 관광객들로 북적이던 곳이 맞나 싶을 정도로 고요했다. 아직 타임랩스를 마치려면 삼십 분 정도 더 기다려야 했다. 그때 나는 카메라 옆에 앉아, 오랑캐를 막아내기 위해 쌓은 성벽의 성문을 그냥 열어주었던 명나라의 장수 오삼계를 떠올렸다.

말기의 명나라는 그냥 둬도 망할 나라였다. 문제는 누구에게 멸망을 당하느냐는 것밖에 없었다. 그런 명나라의 수도 북경을 청나라보다 먼저 접수한 이는 농민 반란군의 지도자 이자성이었다. 명나라의 마지막 황제 숭정제까지 자결한 후 스스로 황제가 되어 나라 이름을 대순 大順이라고 정한 이자성에게, 지방의 많은 장군들이 항복의 문서를 보냈다. 하지만 오삼계의 항서는 없었다. 오삼계는 명나라 말기의 맹장으로, 북방 민족의 침략에 대한 최후 방어선인 산해관을 지키던 인물이었다. 이자성의 난을 진압하기 위해 북경으로 이동하던 중 그는 숭정제가 자결했다는 소식을 접한다. 그리고 이자성에게 포로로 잡힌 아버지의 편지를 받는다. 항복하라는……

한편 산해관 바깥에서는 막 세력을 일으킨 청나라의 도르곤이 북경을 접수하기 위해 다가오는 중이었다. 오삼계가 지키고 싶었던 명나라는 이미 사라지고 없었다. 산해관 양쪽에서 다가오는 두 군대는 오삼계에게는 모두 적이었다. 어느 한쪽의 적과 싸우는 것은 곧 다른 한쪽의 적과 같은 편이 된다는 뜻이었다. 먼저 산해관에 도착한 도르곤에게 그는 편지를 보냈다.

힘을 합쳐 도문都門에 도달하여 유구流寇, 유적를 궁정에서 멸하고, 대의를 중국에 보이면, 곧 우리나라가 귀조에게 보답하는 것이 어찌 재백財帛, 재물에만 그치겠는가. 무릇 열토裂土로 보답하겠다. 결코 식언이 아니다.
— 진순신, 『진순신 이야기 중국사』, 살림, 2011

도르곤도 힘을 합쳐 이자성을 진압하자는 말이다. 그때까지 만주, 즉 청나라는 명나라 황제를 인정하는 대신 요하 동쪽에서 사실상의 자치권을 보장받는 정도의 나라였다. 오삼계는 명을 도와주면 청이 다스릴 영역을 더욱 넓혀주겠다고 제안한다. 그는 막 과거가 되려는 질서에 아직 머물러 있었다. 삼십대였던 오삼계는, 아직 자기에게 익

건너오다

숙한 질서를 떨쳐낼 준비가 되어 있지 않았다. 이 편지에 대해 도르곤이 답한다.

지금, 백(伯). 오삼계이 만약 무리를 이끌고 귀순하면, 반드시 고향땅에 봉하고 번왕(藩王)으로 삼겠다. 하나는 곧 나라의 원수를 갚을 수 있으며, 하나는 곧 몸과 집안을 보존하여 세세 자손 오래도록 부귀를 누리기가 산하처럼 오랠 것이다.
― 같은 책

새 질서를 받아들이라는 역제안이다. 이제 명나라가 아니라 청이 대륙의 주인이 될 것이니, 지금 우리 쪽으로 돌아서면 새로운 제국에서 너의 영역을 허락하겠다는…… 오삼계의 입장에서는 괘씸할 수 있지만, 패배를 모르고 달려온 자신감 넘치는 도르곤의 입장에서는 당연한 제안이다. 도르곤은 이미 오삼계가 머물러 있던 과거를 잊은 채, 미래에 살고 있었다.

오삼계는 도르곤에게 성문을 열어주었고, 북경에 인질로 잡혀 있던 그의 아버지는 이자성에게 처형을 당했고, 도르곤은 파죽지세로 북경을 점령했다. 대륙의 주인은 명나라에서 청나라로 교체되었다. 늘 걱정거리였던 북방의 외적을 막기 위해 가장 튼튼하게 지었다는 산해관은, 장수 한 명이 마음을 고쳐먹자 잘 닦아놓은 길이 되어버렸다. 그런 허망함을 상징하는 산해관 앞에서 연암 박지원은 이렇게 적었다.

'낸들 무슨 말을 하겠는가?'

어떤 인간을 규정하는 것은 그가 바라는 것, 가지려고 애쓰는 것이 아니라 그가 차마 버리지 못하는 것이다. 보통 위기의 순간에 그것은 밝혀진다. 위기라고 하면 양쪽에서 쳐들어오는 대군만한 것이 없었을 것이다. 그 순간 오삼계는 결정을 내렸다. 모든 것을 지킬 수는 없을 때, 불가피하게 선택할 수밖에 없을 때 개인이 내리는 선택, 그렇게 희생을 감수하고 지켜낸 것이 그 개인을 규정한다. 그리고 그런 결정 후에 종종 개인은 자신이 어떤 경계를 넘어와 있음을 발견하곤 한다. 명나라 장수였던 오삼계가 청나라의 지방 변왕이 되었던 것처럼…… 그리고, 경계를 넘어버리는 결정을 한 어떤 사람 앞에서 타인이 할 수 있는 말은 많지 않다. 경계는 몸으로 건너는 것이고, 그렇게 몸으로 어떤 경계를 넘어버린 사람들의 결정 혹은 행동에 대해 타인이 짐작으로 할 수 있는 말에는 한계가 있게 마련이니까.

도르곤의 약속대로 고향인 귀주성의 변왕이 된 오삼계는, 그러나 이십여 년 후 청나라에 대한 반란을 일으켰고, 관군의 반격으로 실패를 앞둔 시점에 자결했다.

어느새 해가 지고 어두워졌다. 타임랩스 촬영을 마치고 촬영 장비를 정리해서 산해관을 떠났다.

이렇게 되어버렸습니다

어떤 출장은 갑자기 닥친다. 파리 출장을 마치고 돌아왔더니 삼 주 후에 모스크바에 다녀오라는 이야기를 들은 적도 있고, 미국에서 이십일 넘게 있다가 돌아와서, 바로 다음주에 유럽으로 이 주짜리 출장을 다녀온 적도 있다. 암스테르담도 그랬다. 육 개월 동안 준비한 다큐멘터리의 방송을 앞두고 거의 매일 새벽까지 편집하고, 집에 들어가서 씻고 잠 좀 자다가 다시 나와서 이어서 편집하는 일상을 몇 주째 하고 있던 차였다. 부장님이 갑자기 삼 주 후의 암스테르담 국제다큐멘터리 영화제에 다녀올 수 있겠냐고 했다. 삼 주 후면 아직 준비한 방송 네편 중 두 편은 방송도 되지 않은 시점이다. 출장 전까지 남은 네 편을 모두 완성해놓고 다녀오라는 이야기인데, 무리다.

그치만 가기로 했다. 백 킬로에 가까운 짐을 들고 떠나는 제작 출장이 아닌 일반 출장은 일단 반갑다. 가볍게, 방송을 모두 준비해놓고 일주일 정도 다른 사람들이 (잘) 만든 다큐멘터리를 보며 외국에서 보내는 것도 근사할 것 같았다. 그건, 일이지만 어떤 면에서는 휴식이기도 한 일이니까. 남은 일은 어떻게든 해놓고 가면 된다. '일이 많으면 하면 된다'라는 자세는 오래전부터 익혀온 바다. 일단 스태프들을 불러서 맛있는 밥을 사주며 도와달라고, 내가 어떻게든 암스테르담에 다녀와야겠다고 전했다. 그 와중에 틈틈이 암스테르담에 대한 책도 읽으며 정말 정신없는 삼 주를 보내고, 방송분을 모두 넘긴 뒤, 당일에야 짐을 싸서 출발했다.

암스테르담은 오랫동안 사람이 살 수 있는 땅이 아니었다. 그 '살 수 없는' 땅에 흘러온 사람들은 이런저런 이유로 어딘가를 '떠나야 했던' 사람들이었다. 그렇게 떠나온 사람들이 제방을 쌓아 바닷물을 막고(암스테르담의 '담'은 바로 '댐'이다) 조금씩 정착지를 늘려갔다. 제방을 쌓고 관리하는 데 한 사람의 손도 아쉬웠기 때문에 서로의 차이 같은 건 인정하기로 했다. 마약과 매춘과 안락사가 합법인 나라의 '관용'은 차이를 존중하고 다양성을 찬양하는, 그런 거창한 비전에 따른 조치라기보다는, 어떻게든 쓸 수 있는 노동력은 다 동원해야 했던, 척박한 땅에 사는 사람들이 어쩔 수 없이 택해야 했던 '다름을 견디는' 자세에 따른 것이라고 하는 게 더 솔직한 평가일 것이다. '나는 네가 마음에 들지 않는 부분이 있기는 하지만, 그래도 우리가 살려면 너도 있어야 하니 그 못마땅한 면은 참아주겠다'는 자세.

그런 암스테르담에 와서 받은 첫인상은 '거칠다'라는 것이다. 우선 날씨가 그랬다. 내가 지냈던 일주일 내내 비가 왔고, 우산이 뒤집힐 정도로 강한 바람이 불었다. 그런 날씨에도 사람들은 우산을 들고, 어떤 사람들은 아이까지 앞에 앉히고 자전거를 몰고 다녔다. 그 자전거 옆으로 전차가 지나다니는데, 그게 대단히 넓은 길도 아니고 그냥 상점가 사이의 골목이다. 비바람을 피하느라 몸을 함부로 돌리면 자전거에 치이고, 더 재수가 없으면 전차에 치일 것 같았다. 그런데도 사고는 하나도 없이 다들 자기 갈 길을 씩씩하게 다닌다. '내 몸은 내가 알아서 지키는 것'을 몸으로 익힌 사람들 같다. 너의 취향에 대해 이래라저래라 하지 않는 대신 너의 안녕을 적극적으로 챙겨주지도 않겠다는 자세라고 할까. 참견하지 않지만 다정하지도 않은, 버려진 땅에서 살아남아야 했던 사람들에게는 어쩌면 당연한 삶의 자세였다. 그 단단함, 환상 따위에는 빠지지 않는, 그럴 여유가 없었던 사람들……

렘브란트는 그런 땅에서 '성공'한 사람들의 초상화를 그리며 유명해진 화가였다. 출장 사흘째 레익스박물관을 찾은 건 순전히 그의 그림을 보기 위해서였다. 그리고 나는 어느 그림 앞에 한참을 서 있었다.

〈사도 바울의 모습을 한 자화상〉은 1661년, 사치스러운 생활로 파산한 이후, 그의 나이 쉰다섯에 그린 그림이다. '사도 바울의 모습을 한' 렘브란트는 황금빛 터번을 두르고 있고, 왼쪽 겨드랑이에 보일 듯 말 듯 단검 하나를 차고 있다. 이 그림이 얼마나 특별한 그림인지, 그가 왜 여타 평범한 화가들과 다른지를 보려면, 박물관 안의 그림들과 비교해보면 된다. 다른 초상화들과 이 그림의 가장 큰 차이는 바로 '빛(과 그림자)' 그리고 인물의 표정이다. 그건 설명도 필요 없이, 그저 보면 알 수 있는 특징이었다.

렘브란트 이전의 초상화에서는, 적어도 레익스박물관에 있는 다른 그림들만 놓고 보면, '조명'이라는 개념이 없었다. 한 작품 안에서 빛은 모든 대상에 고르게 떨어지고 있다. 그건 그림이 현실이 아니라 머릿속의 '생각'이었기 때문이다. 특히 초상화, 성공한 인물이 자신의 성공을 증거로 남기기 위해 주문해 그렸던 초상화의 경우에, 그림의 주된 목적은 그 인물이 아니라 그의 '성공'을 표현하는 것이었다. 목적에 맞게 현실은 표현되어야 했다. 인물의 성공에 어울릴 만큼 '환하게', 거기에 그늘 따위가 들어갈 자리는 없었다. 렘브란트도 주문받은 초상화를 그릴 때는 어느 정도 그 목적에 충실했다. 하지만 자화상에서는, 특히 파산한 이후의 초상화에서는 그런 '환한' 목적을 따를 이유가 없었다. 그렇게 환한 그림은 목적이지 삶은 아니었다. 그래서 그림자가 그의 그림 안으로 들어온다. 도시에서 가장 잘나가는 화가였다가 몰락을 경험한 화가로서는 당연한 반응이었을 것이다.

그리고 그 표정. 〈사도 바울의 모습을 한 자화상〉을 보는 순간 그 표정에서 제일 먼저 떠오른 표현은 '이렇게 되어버렸습니다'라는 말이었다. 아쉬움이 없지 않지만 어찌 달리 생각할 수도 없는, 이제 그렇게 받아들일 수밖에 없는 어떤 마음의 상태……

레익스박물관에 가기 전날 암스테르담 시내의 영어책 서점에서 존 버거의 신간을 샀다. 존 버거가 화가들에 대해 쓴 이야기 일흔네 편을 모아서 엮은 『초상화들Portraits』이라는 책에는 당연히 렘브란트에 대한 글도 있다.

그(렘브란트)의 걸작들은 관람객의 시점과는 일치하지 않는 무언가를 전달한다. 대신 관람객은 따로 떠도는 신체 부분들 사이의 대화를 가로챈다(엿듣는다). 이 대화들은 몸의 경험에 너무나 충실하여, 누구나 그들 안에 지니고 있는 무언가에 말을 건다. 그의 예술 앞에서, 관람객의 몸은 자신의 어떤 내적 기억을 떠올린다.

'이렇게 되어버렸습니다.'

이젠 나도 그렇게 말을 해야 하는 나이가 되었다. 존 버거의 표현을 빌리자면 그의 그림 앞에서 '나의 몸이 떠올린 내적 기억'들이 그 말로 이어졌다. 구구절절 그 사연들을 말할 필요는 없겠다. 다만 '환한 빛'만 생각하며 지내던 시절이 있었고, 그 빛이 꺼진 후 어둠 속에서 지내던 시절도 있었으며, 이제는 그렇게 빛과 그림자가 함께 있는 상태를 인정하고, 그림자에 가린, 그 어두운 부분까지 알아보고, 받아들일 수밖에 없음을 알게 되었다고 말할 수 있을 뿐이다. 빛과 그림자는 늘 함께 있는 것임을, 어느 한쪽이 없으면 다른 한쪽도 없음을 알고 그

둘을 하나의 프레임 안에 담을 수 있게 되고 나면, 렘브란트의 자화상 속 표정이 그저 체념의 표정만은 아님도 이해할 수 있다. '이렇게 되어 버렸습니다'는 온통 과거만을 향한 문장은 아닌 것이다. 그 마음도 여전히, 늘이라고는 할 수 없겠지만 미래를 향하고 있다. 사람은 '기대'가 없이도 다가올 날들을, 혹은 남은 날들을 그려볼 수밖에 없다. 그건 빛과 그림자가 함께 있음을, 그렇게 환하기도 했고 어둡기도 했던 자신과 비로소 화해한 사람만이 가질 수 있는 어떤 마음일 것이다.

출장 기간 중에 일요일이 있었다. 동료와 나는 버스를 타고 암스테르담 교외로 가보기로 했다. 주택가의 주말은 한산했다. 그저 바다 쪽으로 걷다보면 바다가 나올 것 같았는데 꽤 오래 걸렸다. 마침내 바닷가에 도착했을 때 우리를 맞이한 건 문을 닫은 카페와 버려진 듯 보이는 창고와 길 잃은 동네 개 한 마리였다. 왠지 사람들에게 겁을 먹은 것 같은 개는 우리를 보고 짖었지만 정작 달려들지는 않았다. "착하지, 착하지"라고 말하며 녀석을 지나 바닷가로 나아갔다. 생전 처음 보는 것 같은 모양의 구름(페르메이르의 〈델프트 풍경〉에 나오는 바로 그 구름처럼 생겼다)과 그 아래 눈이 부실 정도로 반짝이는 수평선을 바라보다가 돌아올 때까지도 개는 그 자리에 그대로 있었고, 그대로 다시 짖었다. '배가 고픈가?' 싶어서 가방에서 비스킷 하나를 꺼내 내밀었더니 관심만 보이고 다가오지는 않았다. '왜 이렇게 사람에게 겁을 먹게 되었나?' 싶으면서도 배가 고픈 건 확실한 것 같아 비스킷을 쪼개서 던

건너오다

져주었더니 잠시 냄새를 맡아보다가 덥석 먹었다. 역시 배가 고팠던 것이다. 어떻게든 직접 먹여주고 싶었지만 도무지 다가오지를 않는 녀석에게 서운할 정도였다. 그냥 걸음을 옮기다 고개를 돌려보니 녀석도 이쪽을 보고 있었다. 남은 비스킷 조각을 마저 던져주고 왔다.

건너오다

처음 제의를 받은 지 사 년 만에 한 권의 책을 마쳤다.

　책 한 권으로 묶일 만큼의 글을 써냈다고 해서 달라지는 건 없다고 생각하지만, 그럼에도 쓰는 동안 뭔가가 정리되기는 했다. 글쓰기는 적어도 나에게는 도움이 되는 작업이었다. 대충 삼십대의 시기와 겹치는 십여 년을 이렇게 정리해보고 나니 뭔가 더 분명히 보이기도 한다. 그럼에도 삶은 쓰는 것이 아니라 살아가는 것이라는 생각에는 변함이 없고, 그건 좀처럼 자신이 생기지 않는 일이라는 것도 마찬가지다.

　최근에 앤드루 솔로몬의 『부모와 다른 아이들』고기탁 옮김, 열린책들, 2012을 읽다가 도마 복음서에서 인용한 다음 구절을 발견했다.

만일 네가 내면에 있는 것을 이끌어낸다면 내면에 있는 그것이 너를 구원할 것이다. 만일 네가 내면에 있는 것을 이끌어내지 않는다면 내면에 있는 그것이 너를 파괴할 것이다.

이 책에 실린 글을 쓰며 나는 나의 내면에 있는 것들을 끄집어내보려고 했다. 차마 다 꺼내지 못한 것들도 있겠지만, 나를 나로 마주하지 않으면, 그리고 그렇게 마주한 나를 긍정하지 않으면, 긍정까지 아니더라도 적어도 인정하지 못하면, 삶은 영원히 어딘가 뒤틀리고 말 것임을 알고 있다. 두렵기도 하다. 다만 이 글들을 쓰면서는 거짓말하지 않고, 핑계 대지 않고, 자랑하지 않으려 했다. 지금 할 수 있는 건 거기까지였다.

글을 쓰는 것과 그걸 책으로 묶어 내는 것은 다른 일이라는 것도 알고 있다. 어떤 남자가 크게 다치지 않고, 망가지지도 않고 한 시기를 지나온 기록이, 독자들 각각이 그 시기―그 '시기'는 꼭 삼십대만을 말하는 것은 아닐 테니까―를 지나는 데 좋은 의미로든 나쁜 의미로든 참고가 될 수 있다면 더 바랄 것은 없다.

많은 사람의 도움 덕분에 완성할 수 있었다.

여기에 실린 글들의 소재가 된 출장은 대부분 EBS 예산으로 다녀왔다. 할 일이 있어 간 출장이었지만, 그 출장이 없었다면 나오지 않았을 글임을 생각하면, EBS에 감사를 드리지 않을 수 없다. 출장에 함께 했던 스태프들에게도 이 자리를 빌어 고마운 마음을 전한다.

소설가 김연수 선생은 '글쓰는 삶'이 어떤 것인지 보여주었다. 선생은 의식하지 않았겠지만 옆에서 보는 이는 많이 배우고, 보면서 고치고 그랬다. 선생을 비롯한 〈소설리스트〉 멤버들 덕분에 글을 읽고 쓰는 생활에 지치지 않을 수 있었다. 모두 고마운 사람들이다.

무엇보다도, 편집자 강윤정과 김민정이 없었으면 이 책은 나오지 못했을 것이다. 강윤정은 처음 책을 제안한 후 사 년 동안 지치지 않고 응원해주었고, 김민정은 내가 글쓰기와 관련한 의욕과 자신감이 떨어졌을 무렵 계속 밀고 나갈 수 있게 추진력을 발휘해주었다. 책이란 저자와 편집자가 함께 만들어나가는 것임을 두 편집자가 가르쳐주었다. 한없이 감사하는 마음으로, 두 편집자에게 누가 되지 않는 책이 되기를 바랄 뿐이다.

2016년 11월
김현우

건너오다
ⓒ 김현우 2016

1판 1쇄 2016년 11월 30일
1판 3쇄 2024년 3월 13일

지은이 김현우
기획·책임편집 강윤정 | 편집 김민정 김필균 김봉곤
디자인 김현우 백주영 이정민 | 저작권 박지영 형소진 최은진 서연주 오서영
마케팅 정민호 서지화 한민아 이민경 안남영 왕지경 정경주 김수인 김혜원 김하연 김예진
브랜딩 함유지 함근아 고보미 박민재 김희숙 박다솔 조다현 정승민 배진성
제작 강신은 김동욱 이순호 | 제작처 한영문화사

펴낸곳 (주)문학동네
펴낸곳 김소영
출판등록 1993년 10월 22일 제2003-000045호
주소 10881 경기도 파주시 회동길 210
전자우편 editor@munhak.com | 대표전화 031) 955-8888 | 팩스 031) 955-8855
문의전화 031) 955-3576(마케팅) 031) 955-2678(편집)
문학동네카페 http://cafe.naver.com/mhdn
인스타그램 @munhakdongne | 트위터 @munhakdongne
북클럽문학동네 http://bookclubmunhak.com

ISBN 978-89-546-4314-6 03810

www.munhak.com